JN044147

私の源氏物語ノート

荻原規子

はじめに

私が最初に『源氏物語』に触れたのは、小学五、六年のころでした。家の日本文学全集にあった与謝野晶子訳で「宇治十帖」の部分を読んでみました。なぜ「宇治十帖」かというと、本の後ろの解説文を読んで、最後の十帖は独立していると知ったからです。先に現代語訳『枕草子』を読んで気に入ったので、長大な『源氏』を独立部分から試したのですが、まったくお呼びではありませんでした。

それでも、五十年たった今、小学生の私が「薫《かおる》と大君《おおいきみ》のやりとりはじれったくて我慢できない」と考えたことを、全集本のイメージとともに思い出します。初読の記憶は焼き付くものだとつくづく思います。

大学で国語国文学科に進み、古文を読むのがわりに得意だったので、『源氏物語』も『枕草子』も『平家物語』も原文で読むようになりました。この当時、源氏と頭中将《とうのちゅうじょう》の若い時代の話が好きで、冒頭から「花散里《はなちるさと》」の帖まで何度か読み返しています。けれども、五十四帖を最後まで読み切るのは、学生時代でもやっとでした。『平家物語』のほうがずっと楽でした。文体のせいです。

大学二年のころ、大和和紀『あさきゆめみし』の雑誌連載が始まりました。初回のカラー扉を覚えています。帝《みかど》や源氏がしゅっとしたイケメンなのが新鮮で（絵巻の下ぶくれ顔しか知らなかった）、マンガなのに手抜きのない装束の描き方、寝殿造りの住まいの実感に感銘を受けました。

卒業して就職し、二十五年勤務しました。そのころ、退職したらやりたいと長年温めていたことは、岩波書店の新日本古典文学大系『源氏物語』を手元にそろえ、菅原《すがわら》孝標女《たかすえのむすめ》（『更級日記』の作者）になったように時間にかまわず読み続けることでした。古文は、読み慣れると現代語訳より早く読めます。物理的に文字数が少ないからです。けれども、出勤に縛られた日常にいては、『源氏』のような作品を味わい尽くすのは難しいと感じました。文体のリズムが、体を慣らさないと乗れないテンポですが、日々細切れにしか読めないと、そのたびに慣らしが必要で、結局、根気が続かないのです。

退職後に実行したとき、退職の醍醐味はここにあると本気で思いました。没頭して一気に読み切ってみると、「若菜《わかな》上下」からの展開に心打たれました。「宇治十帖」の特徴、文体の変化がわかったのもこのときでした。

理論社の編集者氏から、若い人向けの『源氏物語』を刊行しないかとお誘いを受けたとき、突飛なことには思いませんでした。

児童書出版界では、各社がくり返し古典のアレンジ本を出しています。後世に残すべき古典を平易な文章になおし、親しみやすいアレンジを加え、分量を減らして提出するのです。

児童文学の発祥国イギリスで、古くから行っていたことでした。『ロビンソン・クルーソー』も『ガリバー旅行記』も、子ども向けに書き換えた版が出たことで広く親しまれたのです。

私は、手に取りやすい『源氏物語』に賛成でしたが、自分が内容をアレンジすることには抵抗がありました。早くから原文を読んだせいで、かなりの原文主義者なのです。そのため、文章をなるべくそのまま現代語訳し、読みやすく分量を減らす工夫については、途中の帖を抜いて編集してはどうかと、こちらから提案してみました。

『源氏物語』の「1桐壺《きりつぼ》」から「33藤裏葉《ふじのうらば》」までの帖を、ⓐ系（紫上系《むらさきのうえ》）とⓑ系（玉鬘系《たまかずら》）の二系統に分ける論説（武田宗俊1950・大野晋1984）の存在を知ったのは、2011年ごろでした。

物語の主軸であるⓐ系（紫上系）の帖は、ⓑ系（玉鬘系）の帖に登場する「中《なか》の品《しな》」の女性にまったく関与せずに進むことの指摘です。ⓑ系の帖はⓐ系の帖を書き終えてから執筆したとする、物語成立論の部分を抜きにすれば、私が『源氏』を読んで気づいたことと同じでした。

これが頭にあり、短く読める『源氏物語』を手がけるなら、「1桐壺」の次に「5若紫《わかむらさき》」を配し、源氏と紫の上・藤壺《ふじつぼ》の宮の主軸だけで進めるのもいいかと思えたのです。源氏の生涯の要《かなめ》となる「34若菜上下」を、相対的に前に出すことができます。

自分の経験から、「34若菜上下」を読む前に挫折するのは、中盤の「22～31玉鬘十帖」が、本筋を停滞させたまま長いせいだと思ってもいました。ここをジャンプして晩年の奥深いドラマを読ませる本が、一点くらいあってもいいのでは、と。

もっとも「34若菜上下」と「35柏木《かしわぎ》」の二帖には、いくらかⓑ系女性への言及があり、ゆきとどいた世界構成をもっています。そのⓑ系部分は見送らざるを得ませんでした。

『源氏物語　紫の結び』全三巻は、そのような経緯で生まれました。

そののち、『源氏物語　宇治の結び』上下巻として、「42匂宮《におうみや》」と「宇治十帖」を合わせた本を刊行し、さらに『源氏物語　つる花の結び』上下巻として、ⓑ系（玉鬘系）の帖に「38夕霧《ゆうぎり》」「43紅梅《こうばい》」「44竹河《たけかわ》」を合わせた本を刊行したので、最終的には全訳したことになります。

理論社ホームページに掲載する、源氏読書エッセイの提案も、『紫の結び』と同じ編集者のかたがたでした。私自身は思いつかなかったので、うれしいお誘いでした。エッセイの二十四章中、十二章ぶんを「荻原源氏余話～１０００年の読書～」と題してインターネット上で公開し、加筆修正したものを再録してあります。

また、『源氏物語』にあまり詳しくない読者に参照してもらうため、巻末に、五十四帖を年代順に並べた概要をまとめました。あらすじに略すと『源氏』の真の魅力は見えてこないものですが、物語の全容をつかむ足がかりになればと願っています。
帖名につけたアラビア数字は、五十四帖を年代順に並べたときの順番です。エッセイの内容があちらこちらの帖に飛んでいるので、参考としてふりました。

一読者として、若いころから気ままに楽しんだ『源氏物語』でしたが、五年をかけて全訳してみると、細部の記憶が格段に濃密になっていました。一帖ごとの感想ではなく、帖と帖をつないだ連想が以前よりずっと多くなっています。この読書エッセイでは、そうして広がった連想を主に取り上げてみました。
個人の感想であり、奔放すぎる旨があるかもしれません。けれども、『源氏物語』を身近に引き寄せた楽しみ方はあってもいいはずで、これは、私なりの愛読者の思いの発露なのです。

荻原規子

荻原訳「源氏物語」の構成

紫の結び

1	桐壺
5	若紫
7	紅葉賀
8	花宴
9	葵
10	賢木
11	花散里
12	須磨
13	明石
14	澪標
17	絵合
18	松風
19	薄雲
20	朝顔
21	少女
32	梅枝
33	藤裏葉
34	若菜上下
35	柏木
36	横笛
37	鈴虫
39	御法
40	幻
41	雲隠

（全３巻）

つる花の結び

2	帚木	
3	空蟬	
4	夕顔	
6	末摘花	
15	蓬生	
16	関屋	
22	玉鬘	〈玉鬘十帖〉
23	初音	〈玉鬘十帖〉
24	胡蝶	〈玉鬘十帖〉
25	蛍	〈玉鬘十帖〉
26	常夏	〈玉鬘十帖〉
27	篝火	〈玉鬘十帖〉
28	野分	〈玉鬘十帖〉
29	行幸	〈玉鬘十帖〉
30	藤袴	〈玉鬘十帖〉
31	真木柱	〈玉鬘十帖〉
38	夕霧	
43	紅梅	
44	竹河	

（上下巻）

宇治の結び

42	匂宮	
45	橋姫	〈宇治十帖〉
46	椎本	〈宇治十帖〉
47	総角	〈宇治十帖〉
48	早蕨	〈宇治十帖〉
49	宿木	〈宇治十帖〉
50	東屋	〈宇治十帖〉
51	浮舟	〈宇治十帖〉
52	蜻蛉	〈宇治十帖〉
53	手習	〈宇治十帖〉
54	夢浮橋	〈宇治十帖〉

（上下巻）

目次

装丁　中嶋香織
装画　君野可代子

源氏ノート1

いつのまにか役割交代 ～頭中将の次男紅梅と、長男柏木～

『源氏物語』を原文のまま通読すると、この一大長編がもつムラというか、デコボコ感というか、統一されていないあたりが、ずいぶんよくわかります。

けれども、現代語訳を読むとあまり目立たず、最後まで均一に見えます。当然なことですが、訳者が読みやすい現代文として整えているからです。『源氏物語』の現代語訳をした一人として、私はこの点が少々残念だと思っていました。

なぜなら、『源氏物語』五十四帖《じょう》は昔から年代順に並べられていても、この順番で一筋に書かれたとはとうてい見えないことが、読者にうまく伝わらないからです。

『源氏物語』は、部分部分によって、話の色合いも、和歌の頻度も、言葉づかいのくせも微妙に異なります。ユーモアセンスの質の差や、なくもがなの重複も感じます。本当に一人で書いたのかと疑問が浮かぶくらいです。

西暦1008年ごろ、紫式部と呼ばれる女性がいて、藤原道長の娘彰子の女房に出仕したのは証明されています。『紫式部日記』冒頭に、寛弘五年（1008年）にあった彰子中宮の第二皇子出産の情景が、生き生きと描写されているからです。『紫式部日記』には、この人が当時執筆していた物語の詳細は出てきません。それでも、エピソードの内容から、紫式部が『源氏物語』の作者なのはたしかでしょう。

ただし、この日記に書かれた、彰子中宮のもとで女房たちが冊子作りをしている物語本が、『源氏物語』の「すべての帖」だとは、だれにも言い切れません。

そこに気づいたとき、私はなんだか気が楽になりました。

『源氏物語』は日本が世界に誇る古典ですが、読書する個人は、それぞれの時代のそれぞれが、自分に合った解釈で楽しめばいいのだと思っています。今では1000年以上前の創作です。楽しめると感じるなら勝ち組では（オタクでは、ともいえる）。

なので、私という個人が『源氏物語』を現代語訳しながら感じたことを、気ままにいくつかつづってみようと思います。

＊

私が『源氏物語』全編を読んで一番不審だったのは、作中の、頭中将《とうのちゅうじょう》の息子のあつかいでした。

頭中将とは、光源氏の親友でライバルだった登場人物です。若くて地位も身軽なころは、恋の競争相手として末摘花《すえつむはな》や源典侍《げんのないしのすけ》を取り合い、笑える騒動をくり広げました。夕顔《ゆうがお》もまた、若い二人が取り合った女性のうちに入るでしょう。

その後、源氏が失脚して須磨でわび暮らしをしたとき、都からはるばる会いに出かけた知人は、頭中将ただ一人でした。源氏が都に復帰してからは、お互い出世して政敵になりますが、どん底の源氏を訪ねる男気があったせいで、この人を最後まで憎めない気がします。

そんな頭中将が、初めて自分の息子を披露したのは「10賢木《さかき》」の帖でした。

源氏が須磨へ立ち退く直前の時期です。自宅で酒宴を開いたおり、正妻の産んだ次男、このとき八、九歳の子を宴席に呼んで、笙《しょう》の笛を吹かせたり「高砂《たかさご》」を歌わせたりしたのでした。

「人々の期待を集める少年であり、利発な上に容姿も優れています」と、地の文でもべたぼめです。声がきれいで愛らしいので、源氏もこの子をかわいがって相手します。

なぜ、最初に出てきたのは次男だったのでしょう。

『源氏物語』全編を見わたせば、頭中将の息子でもっとも重要な人物は、長男の柏木《かしわぎ》にちがいありません。なにしろ「34若菜上下」や「35柏木」の帖の主役級です。

けれども、長男が物語に登場するのはずいぶん遅いのでした。はっきりした初出は「24胡蝶《こちょう》」の帖で、これは「22~31玉鬘《たまかずら》十帖」の内部です。源氏のもとで暮らす玉鬘が、自分の異母姉妹とはつゆ知らず、しゃれた恋文を送る若い中将として初めて言及されます。

一方、次男のほうは「玉鬘十帖」内でも兄より早く、「23初音《はつね》」の帖の正月行事、男踏歌《おとことうか》を六条院の庭で舞ったときに名前が出ます。群舞する若者のなかで、源氏の一人息子の夕霧《ゆうぎり》と、頭中将の子息たちがひときわ容姿で見栄えしたという描写のあと、源氏が見物の感想として、

「中将（夕霧）の声のよさは、弁《べん》の少将（頭中将の次男）にもたいして劣らなかったね」

と、親ばかを言うのです。次男の美声への評価が継続しており、長男については何もふれていません。

その後、柏木は、夕霧に玉鬘との取り持ちをたのみ、夕霧にすげなくかわされ、「昔の源氏の君と頭中将の仲に似た二人でした」と地の文で評されています。（「25蛍《ほたる》」）

また、玉鬘が父親の和琴《わごん》の演奏を慕ったことから、柏木に父ゆずりの和琴の才があることが示されます。（「27篝火《かがりび》」）

「34若菜上下」「35柏木」で詳しく描かれる長男柏木の特徴は、すべて「玉鬘十帖」内が初出だと見てとれます。

『源氏物語』の前半は、光源氏の人生が「12須磨《すま》」の流浪で底を打ち、V字回復の後は宮廷で成り上がり、他のだれにも達せない地位へのぼりつめた「33藤裏葉《ふじのうらば》」の帖で、壮麗な大団円を迎える形をしています。

初期の『源氏物語』は、ここで輝かしい終止符を打ったと察せます。貴種流離譚は

V字構成がお約束だからです。
大団円の光景として、源氏の広大な邸宅、六条院に、帝《みかど》の行幸《みゆき》と上皇の御幸《みゆき》が同時に行われるという最上の栄誉が描かれました。至高の二者を接待する源氏は、最大限の趣向をこらし、凝りに凝った豪奢なイベントをくり広げます。このときの帝は、源氏が他人に明かせない自分の息子でもあります。当の帝も、今では真の父がだれかをさとっています。
夜になり、帝や上皇が琴の演奏に加わる管弦の遊びになると、源氏の息子の夕霧が、横笛を美しく吹き鳴らしました。そして、演奏に唱歌する弁の少将の声が、ひときわ優れているのでした。

次代にも抜きん出た人物が多いのが、源氏の君と太政大臣《だいじょう》（かつての頭中将）の両家だと見えました。

この一文が「33藤裏葉」の帖の締めくくりです。大団円で夕霧と並べられたのは、頭中将の次男、弁の少将でした。長男の柏木ではありません。しかし、「10賢木」での次男の登場を思えば、ここまでの物語として一貫しています。

なぜ、このずれが生じるのかを推測すると、「22〜31玉鬘十帖」は、人々が初期の最終回「33藤裏葉」を読んだあとに作られた、スピンオフ作品だったからと考えられます。

『源氏物語』のリアルタイムの読者たちが、最終回を読んでも飽き足らず、華麗な六条院の暮らしをもっと詳しく知りたいと、追加をリクエストしたのではないでしょうか。

つっこんだ想像をするなら、彰子中宮あたりがその発注を。

「玉鬘十帖」で、唐突に夕顔の忘れ形見がピックアップされるのも、地方からのぽっと出の娘が六条院に住むのも、いかにもスピンオフの発想です。さらに、「玉鬘十帖」で急に登場した人物はおかしなほど多いのです。

そして、そういう人々は、すぐ後ろに続く「32梅枝《うめがえ》」と「33藤裏葉」では見事に無視されます。玉鬘その人でさえ無視されます。柏木の場合は少し登場していますが、夕霧のめでたい結婚の周囲でせりふを言う程度です。

頭中将の長男、柏木という人物が、ひときわ大きく重要なあつかいを受けるのは、徹底して「34若菜上下」の帖、研究者の多くが『源氏物語』第二部と考える帖からなのです。スピンオフ「玉鬘十帖」で初めて浮かぶ長男の性質に、注意深くスポットをあて、まったく新しい構想で書き起こした、テイストの異なる物語が始まると見えます。

源氏の一人息子と肩を並べる頭中将の息子が、「34若菜上下」から急に長男に交代したのは、柏木が引き起こす密通による悲劇を際立たせるためでしょう。

それまでの帖では、源氏とあまり接点がなく見えた柏木が、いつのまにか目をかけられる親しい若者になってもいます。そして、源氏の四十賀《よそじのが》の宴席で、夕霧と柏木の二人舞を見物した客たちは、かつての源氏と頭中将の「青海波《せいがいは》」(「7紅葉賀《もみじのが》」)を思い浮かべるのでした。

「34若菜上下」からの帖は、これまでの素材を活用しながら構成やテーマを一新した、新規まき直しの『源氏物語』だといえます。けれども、もとの『源氏物語』を愛好する読者もたくさんいたことでしょう。

その証拠が「43紅梅《こうばい》」の帖だといえます。

源氏の没後、孫世代の「宇治十帖」(「45橋姫《はしひめ》」～「54夢浮橋《ゆめのうきはし》」)が始まる前に置かれた短い帖ですが、頭中将の次男が、順調な出世をして按察使大納言《あぜちだいなごん》になり、円満な家庭を築いている様子が描かれるのです。

そのため、次男には「紅梅大納言」の通称があります。柏木ではなく弁の少将を気にかけた愛読者も、きっと多かったのでしょうね。

源氏ノート2

みんなの光源氏　～紫式部の文通仲間～

私が『源氏物語』全編で、もっとも苦手に感じたのは「2帚木《ははきぎ》」の帖《じょう》でした。「1桐壺《きりつぼ》」の帖で、それらしく方向づけられたドラマの始動が、次の帖でぷっつり途切れ、かなりの変動があるからです。

「2帚木」は、長雨の夜、女好きな遊び人の頭中将《とうのちゅうじょう》が、源氏をたきつけることで始まります。源氏がもらったたくさんの恋文を見つけた頭中将が、「女は、中《なか》の品《しな》（中流階級）のほうが個性がはっきり出ておもしろい」と、先輩づらでうそぶくのです。そこへ左馬頭《さまのかみ》と藤式部丞《とうしきぶのじょう》がやって来て、「中の品」の女性との恋バナを語ります。「雨夜の品定め」と呼ばれているシーンです。

しかし、納得がいかないのは、前帖で持ち上げるだけ持ち上げた「光君《ひかるきみ》」の情事の初回が、たきつけられての出来心、中流階級の人妻への手出しになることです。それでいいのかと言いたくなります。しかも失敗談でした。

関連で注目できるのが、「2帚木」の冒頭文です。

光源氏といえば、名ばかり評判ですが、それを打ち消す過ちも多いようです。さらに色恋のあれこれが後世に伝えられ、軽はずみな浮き名を広めてはならないと、本人が隠していた逸話まで語り伝えるとは、口さがない人がいたものでした。

今の私たちは「光源氏」を個人名に使いますが、「光源氏」という美称は「2帚木」が初出で、『源氏物語』の原文全体を見ても、あと四箇所に一度ずつしか出てきません（岩波書店『源氏物語索引』）。源氏は頭中将とおなじく、その時その時の官職名で語られています。高官になった後の名称は「大臣《おとど》」です。

ともあれ、「1桐壺」の帖に出てきた彼の美称は「光君」のはずでした。なのに、次の帖で唐突に「光源氏」とあって、「名ばかり評判」なのです。

これを思うに、「2帚木」の帖の内容は、「1桐壺」より早くに成立したのではないでしょうか。

青年キャラクター「光源氏」がまず先にあって、その物語のメインは、光源氏があらゆる階級の女性と恋愛することだったのでは。

そのように考えると、二つの帖のギャップが埋まる気がします。

藤原為時《ためとき》の娘、紫式部には、生年が諸説ありますが、どれをとってもその時代にしては遅い結婚をしたようです。三十歳近くになって、四十代半ばの藤原宣孝《のぶたか》の妻になりました。

藤原宣孝は『尊卑分脈』に三人の別の妻が載っており、気の多い性分と見えます。それでも、紫式部にも熱心な求愛を続けたようです。二人の間には女の子が生まれました。それなのに、結婚からわずか三年後、宣孝は流行り病で世を去ってしまいます。

『源氏物語』研究者は、紫式部が夫と死別した悲しみをまぎらすため、物語の執筆を始めたと見ています。

『紫式部日記』の中に、それらしい記述があります。自分が彰子中宮の女房に出仕する前、憂いにふけって寂しく暮らしていたころは、他愛ない物語を読んで感想を交わす文通仲間がいたと、ふり返る文章があるのです。

この時代、物語の執筆にはプロもアマもなく、すべてが女の手すさびでした。創作を手がけたのは紫式部一人ではなく、文通仲間のそれぞれが物語を書き、回し読みしていたのではないでしょうか。少なくとも三、四人の女友だちがいて、みんなで共通の主人公をもうけたのが「光源氏」なのでは。私はそんな想像をしました。

最初は書きやすい小話で、きっと歌物語に近かっただろうと思います。「光源氏」が恋人と和歌を交わした情景やいきさつを創作するのです。

いろいろな恋歌のいろいろな設定をつくるなら、みんなの「光源氏」は多情多恨になるしかありません。仲間同士でさまざまなシーンをつくって読み合い、「光源氏」の生い立ちや過ち、恋のライバル頭中将をはじめとする周辺人物が生まれたと思えます。

もとは歌物語だったと想定すると、お手本は『伊勢物語』だと明瞭に見えてきます。『伊勢物語』で在原業平《ありわらのなりひら》に仮託された「昔男《むかしおとこ》」の特徴が、「光源氏」の特徴とよく似ているからです。

・帝《みかど》の直系に生まれながら臣下にくだったこと。
・帝の后《きさき》へのかなわぬ恋を抱き続けたこと。
・斎宮《さいぐう》や斎院《さいいん》という神聖な女性と関係したこと。
・地方を流浪したこと。
・地方の女性や老齢の女性とも分け隔てなくつきあったこと。

当時、女たちが理想とする「みやび」な男子には、これらの特徴が欠かせなかったのかもしれません。

文通仲間がそれぞれ気ままに執筆する中、一番の文才と適性があった紫式部は、あるときから「光源氏」にも相手の女性にも、さらなる現実味をもたせるようになったと想像できます。

そして、仲間たちを感服させた作品が、伊予介《いよのすけ》の妻、空蝉《うつせみ》との物語だったのではないでしょうか。

この話を回し読みした「中の品」の仲間たちは、自分の家に「光源氏」が現れたような迫真性を感じたことでしょう。そして、彼との情事を二度目から拒みきった空蝉に、ほろ苦い誇りを感じたことでしょう。

文通仲間のあいだには、「光源氏といえば、名ばかり評判ですが」と始めるだけの蓄積があったのだと思います。

現存する『源氏物語』は、初期の物語にはあったはずの設定がだいぶ消えているので、空蝉への手出しが唐突に見えるのです。

あるべきなのに消えてしまったエピソードは、主要なものでも三つあります。

・源氏と藤壺の宮のなれそめ
・源氏と六条の御息所《みやすどころ》のなれそめ
・源氏と朝顔の姫君のなれそめ

紫式部は、仲間と共同でつくった他愛ない物語を、ある時点から練り直し、文章を書き直し、長編にふさわしい『源氏物語』として再提出したのだと想像します。そのとき、わざと取りこぼしたのか、書いてあったのに紛失したのか、前記の内容が抜け落ちたのです。

紫式部が本格的に長編化を意識したのは、おそらく「5若紫《わかむらさき》」の帖だと思います。「光源氏」が「帝の后へのかなわぬ恋を抱き続けたこと」に焦点を当てることで、先の長い物語の構想が生まれたのです。

なぜなら、「5若紫」での重大事件は、幼い紫の上の発見ではなく、源氏と藤壺の宮の密通の結果、春宮《とうぐう》（皇太子）が生まれることだからです。架空としても大胆な要素を打ち出しています。

『源氏物語』の評判が高くなり、宮中で読まれるようになると、このあたりにはばかりがあるので、不謹慎な内容の帖を他のエピソードごとカットしてしまったのかもしれません。

「5若紫」の帖からの長編化は、源氏と供人《ともびと》の会話に、明石の土地柄と明石入道《にゅうどう》の娘の話が出てくるところにも見えます。後から書き加えたのかもしれませんが、構想が源氏の失脚、須磨と明石の流浪にまで及んでいるのを感じます。

この新たな枠組みが、源氏の罪と地位の浮き沈みをメインにしたため、「2帚木」「3空蟬」「4夕顔」の三帖は、うまくつながらない帖に見えるのでしょう。

特に「2帚木」の帖で、このあと二度と登場しない左馬頭と藤式部丞が語る話は、長々と続くわりに得るものが少なく、何を目ざしたのかよくわかりません。

藤式部丞の話が、漢学者の娘を題材にした笑い話なので、漢学者の娘の紫式部が、ジョークとして書いて仲間に笑ってもらったのかもしれません。そう思ってみれば、他の話もじつは内輪受けで、文通仲間にはピンとくるものがあったのかもしれません。

先の『紫式部日記』には、紫式部が女房に出仕してから、これらの仲間との交流は絶えてしまったと記してあります。

女房勤めをする者は、私的な手紙も同僚と見せ合うと思われ、文通仲間だった人々から手紙が来なくなったようです。立場の変化を自覚する紫式部も、気おくれして手紙を出せなくなりました。

憂さを忘れようと物語を手にとってみても、以前のようにおもしろいと思えず、変わってしまった自分に驚く。あれほど親しく感興をわかちあった仲間たちも、今となっては、私をどんなに恥知らずで浅はかだと思っているかと思うと……

当時、女房勤めを批判的に見る人々がいたのは事実でしょう。清少納言も『枕草子』でそのことに言及しています。しかし、高貴な中宮に仕えることが、紫式部が書きつづるほど軽蔑される行為でしょうか。彼女がそのようにとらえ、以前の交友を取りもどせないと感じる理由が、他にもあったのではないでしょうか。『源氏物語』という作品の成り立ちに関わることが、このときの離反に含まれていると思えてなりません。

源氏ノート3

原因はいつも藤壺

～源氏が求め続けたもの～

紫の上、美しい呼び名です。

しかし、この通称は、作者ではなく読者が定着させたものです。原文には少ししか出てこず、「姫君」「上」「女君《おんなぎみ》」「対の上」などと書かれます。「対の上」は、二条院西の対や、六条院春の町の御殿で東の対を住まいにした女性だからです。

彼女が紫の上になったのは、初出する「5若紫」の帖名からでしょうし、その帖名は源氏が一人で詠んだ和歌、

「手に摘みていつしかも見む　紫の根に通《かよ》ひける野辺《のべ》の若草」

などから来ています。源氏が恋こがれる「紫（藤壺の宮）」と血縁のある「若草（北

山の少女）」を、いつか自分が手に入れてみたい――という歌です。

　そして、実際に略奪同然のやり方で、この少女を二条院へつれてきてしまいます。少女の父親、兵部卿《ひょうぶきょう》の宮にも何年も秘密にしたので、はっきり言って未成年者拉致監禁の犯罪でした。


『源氏物語』は、源氏がさまざまな女性と関わる話で構成されますが、捨てばちになって女性問題を起こすのは、いつも藤壺の宮の身に何かあったときです。

　北山で、藤壺の宮によく似た顔立ちの少女を見かけ、「欲しい」と考えたのは事実ですが、だからといってすぐに誘拐はしていません。少女の祖母のご機嫌をとっているうち、途中で忘れたりします。

　忘れたのは、藤壺の宮が内裏《だいり》を出て里帰りしたからでした。そして、妊娠が発覚したからでした。桐壺帝《きりつぼてい》は懐妊に大喜びしますが、藤壺の宮自身は源氏の子を宿したと気づいていました。源氏もまた悟りました。

　罪に怯える気持ちは、源氏にもあったでしょうが、それ以上の痛手だったのは、藤壺の宮が二度と源氏と会わなくなり、わずかな手紙の返事も書かなくなったことでした。

少女の強奪は、藤壺の宮にシャットアウトされた源氏の鬱屈が原因になっています。いきさつを思えば、紫の上という通称もやや気の毒かもしれません。藤壺の宮の身代わりで源氏と暮らすことになったのが、どこまでもついてまわる呼び名だからです。

そののち、源氏の正妻、左大臣家の葵《あおい》の上が息子を産んで亡くなり、妻の座につく望みを失った六条の御息所《みやすどころ》は、斎宮《さいぐう》の娘とともに伊勢へ去っていきました。成長した紫の上は、この時期に源氏の実質上の正妻になっています。しかし、事情が事情だったので、正妻としての婚礼はできませんでした。（「9葵」「10賢木」）

当時は通い婚がふつうなので、男が三晩続けて女の家に通えば夫婦が成立し、正式な結婚と認めるのであれば、妻の家で披露宴を開いて婿をもてなします。紫の上は、これができなかったのです。

けれども、紫の上は、美しい上に何でもよくでき、気立てがやさしく才気もある、欠点の少ない女性に成長します。源氏もこの妻で満足すればいいのに、藤壺の宮への思慕は一向に消えないのでした。

桐壺帝が世を去り、藤壺の宮が実家にもどると、源氏はさっそく密会しようとします。そして、手ひどく拒絶されます。藤壺の宮にとっては、春宮《とうぐう》（皇太子）になったわが子が一番大事で、源氏とうわさが立っては息子の地位が危ないからです。

それでも源氏が恋心を訴え続けると、彼女は電撃的に出家してしまうのでした。


源氏の二番目に捨てばちな行動は、藤壺の宮の出家による自暴自棄です。

右大臣の娘、朧月夜《おぼろづきよ》は、尚侍《ないしのかみ》として内裏に仕え、源氏の兄の帝《みかど》の寵愛を受けますが、心の内では源氏を慕い続けていました。朧月夜の誘いにのった源氏は、右大臣邸に忍び入って密会を重ねます。

そのあげく、朧月夜の寝床にいるところを右大臣に発見されました。みずから破滅をまねいたのであり、失脚して都を離れる原因になったのでした。（「10賢木」）

須磨と明石の流浪から帰還すると、こんな源氏でも、さすがに年配者らしく落ち着いてきます。ほどなく兄の帝が譲位し、若い帝の後見役として実権を握ったせいもあります。亡き六条の御息所の娘を、帝の後宮に入内《じゅだい》させたり、明石で生まれた自分の娘を将来の后《きさき》として育てたりと、宮中の権力把握に専念し、めったに女性問題を起こさなくなりました。

しかし、藤壺の宮が三十七歳で病没すると、急に褒められない行動に走るのです。（「19薄雲《うすぐも》」）

六条の御息所の娘を、愛人にせず帝の女御《にょうご》にすると決めたのは、源氏本人だったのに、藤壺の宮の喪に服すあいだに、里帰りした女御に言い寄るのでした。慎み深い性格の女御は、源氏のセクハラをたいそう不快に思いました。まずは当然でしょう。

さらに、斎院《さいいん》を降りた朝顔の姫君の屋敷へ、しげしげとかようようになります。正妻に迎えるつもりなのかと、紫の上をひどく心配させました。（「20朝顔」）

「20朝顔」の帖は、急なものごとが多く、源氏の朝顔の姫君へのちょっかいも唐突に見えます。しかし、それまで心情に立ち入る描写の少なかった紫の上に迫った点で、なかなか見どころのある帖です。

源氏が都へ復帰してから、紫の上が嫉妬する女性は、ほぼ明石の君に限られていました。とはいえ、この人は身分が低いのが明白で、かわいい明石の姫君を自分のもとで育てている手前、許そうとは考えていません。

けれども、前斎院、朝顔の姫君となると話がちがいます。世間でたいそう重きをおかれる女性であり、源氏が結婚すれば必ず正妻の地位につきます。

求婚のうわさが立ったのに源氏は何も言わない、私から心が離れてしまったのかと、紫の上は思い悩みます。

源氏の君が、このところ端近くに座ってもの思いにふけり、宮中に頻繁に泊まるようになり、毎日文《ふみ》ばかり書いているのを見ても、人々の噂《うわさ》はまちがいないと思えました。

源氏のもの思いは、朝顔の姫君のためではなく、亡くなった藤壺の宮や世間に明かせない息子の帝のせいでしょうが、だれにも秘め隠しているので、紫の上にも見えないのでした。

その後、源氏が求婚しないとはっきり告げたので、紫の上も気を取りなおします。

源氏はさらに、過去の女性の話を共有することで仲直りしますが、そのときにも、藤壺の宮との親密さや息子がいる事実は隠し通すのでした。

藤壺の宮が、いつまでも源氏の心に影を落とし続けることに、紫の上は気づいていたでしょうか。

須磨と明石の三年間を除き、人生のほとんどを源氏のもとで暮らした紫の上なら、言葉の端々から、最愛の女性がだれかをさとらずにいられないだろうと想像します。

それでも、源氏は最後まで打ち明けなかったし、紫の上も口にしませんでした。早くに亡くなった女性だから、最後は自分が勝てると思ったかもしれません。

しかし、源氏がこれほど心に秘め続けたものは、二度と消えなくなっていたのです。

そのことが「34若菜上下」の帖で明らかになります。

源氏と女三《おんな》の宮との結婚です。

「34若菜上下」になると源氏は四十歳、長寿祝いをされる年齢です。それなのに、朱《す》雀院《ざくいん》の娘、十四歳の女三の宮が、亡き藤壺の宮の姪——紫の上と同等の血の近さ——

なのをついに無視できませんでした。

女三の宮を六条院に迎えることにし、おそるおそる紫の上に打ち明けると、意外なことに、紫の上は怒りもせずに受け入れます。

けれども、紫の上の心はこのとき折れ、その後二度と元にもどりませんでした。藤壺の宮の面影は死後も消えやらず、紫の上をとうとう敗北に追いやったのです。

女三の宮がどういうタイプの娘でも、おそらく折れ方は変わらなかったでしょう。その婚礼は、女御入内に準じるほど立派なものになり、六条院方と朱雀院方の双方が雅《みやび》を尽くして三日間の饗宴を開き、まさしく天下に鳴り響いたのです。密かに傷つくには十分でした。


紫の上の心が修復不能に折れたとき、皮肉にも、源氏のほうでは改めて紫の上の大切さに気づき始めます。「34若菜上下」は、このくい違いの悲劇が進行する帖です。

源氏ノート4

巨大な「若菜」

～大団円の暗転へ～

「34若菜上下」の帖《じょう》は、どうしてこれほど大部だったのでしょうか。「若菜」と題する帖が上下に分かれているのは、冊子にする都合であり、作品としては一つだったようです。たしかに、綴じることが難しそうな分量です。

試みに『源氏物語　紫の結び』で「若菜上」「若菜下」のページ数を数えてみたところ、合わせて223ページありました。

私の現代語訳本で数えるので、大まかな見当ではありますが、「1桐壺」から「40幻《まぼろし》」までを並べた源氏の生涯は、ぜんぶで1541ページです。「34若菜上下」が単独で14パーセントを占めます。「22～31玉鬘《たまかずら》十帖」が合わせて276ページあり、これに迫るほどの量です。

私は、『紫式部日記』にある、彰子中宮と女房たちが作成している物語本は、スピンオフ「玉鬘十帖」だったのではと、密かに想像しています。

「22玉鬘」から「31真木柱《まきばしら》」までの十帖は、頭中将《とうのちゅうじょう》と亡き夕顔の娘、玉鬘を主人公にしたひとまとまりのストーリーです。六条院という夢の邸宅の雅《みやび》な暮らしぶりを描き、華やいだ読みものになっています。けれども、玉鬘以外の主要人物には何の変化も起きない、あくまでサイドストーリーの内容です。

寛弘五年（１００８年）十一月に、彰子中宮が率先して物語本づくりを急いだのは、出産の里帰りを終え、内裏《だいり》へもどる日が迫っているからでした。

父の藤原道長は、「子を産んだ者が、体を冷やしてまで取り組むことか」と、こぼしながらも、極上の紙や墨、筆を出してやり、硯《すずり》まで気前よく進呈しています。

おめでたい復帰に際し、宮中へ新作の豪華本を持ちこむなら、「玉鬘十帖」がもっともふさわしい内容ではないでしょうか。

さらに、有名な『紫式部日記』の内容として、一条天皇が『源氏物語』の朗読を耳

にし、

「この作者は『日本紀』を読んでいるにちがいない。じつに学がある」と発言したという記載があります。私には、これが「玉鬘十帖」内の「25蛍《ほたる》」の帖を耳にしての言葉だと思えます。

「25蛍」には、物語に夢中になる玉鬘を、源氏が最初はくさしながら、次第に物語擁護論を始めるシーンがあるからです。

「(物語を)ぶしつけに貶してしまったようだね。物語こそ、神代の昔からこの世の出来事を記してきたものだ。日本紀(日本書紀とそれに続く国史)などは、その片鱗にすぎないよ。これらにこそ、ものの道理が詳しく載っているのだろう」

一条天皇の感想がこのくだりを指すなら、皮肉を言ったとも取れるのですが、それはそれとして、紫式部が女房に出仕したとき「玉鬘十帖」はすでにあったか、そのころに書いたのだと思えます。

また、『紫式部日記』には、このときの物語本づくりで、紫式部が推敲して清書したものを自分の局《つぼね》に置いたところ、藤原道長が勝手に持ち出して、彰子の妹君（妍子・当時十五歳）にプレゼントしてしまったという、愚痴も書いてあります。女房の局というのは、渡殿《わたどの》の片側を几帳《きちょう》で囲った程度の場所なので、プライバシーを保てないのがよくわかります。

これらをふまえると、「34若菜上下」のような長大な帖を、女房に出仕する環境で書いたとはとても思えません。第一、大部になるまで書きためる必要などないでしょう。『源氏物語』は、天皇が知るまでになった物語なのです。続編を書けば、だれもがすぐに読みたがったはずです。どうして公開もせず、異様に長々と書きつづっていたのでしょう。

初期の大団円「33藤裏葉《ふじのうらば》」までの一連の物語や「玉鬘十帖」が書かれた時期と、「34若菜上下」の帖が書かれた時期には、大きな隔たりがありそうです。「34若菜上下」を読めば、サイドストーリーめく「玉鬘十帖」の内容を、きちんとふまえて世界づくりをしているのがわかります。その上で、帖の始まりは「33藤裏葉」

の最終行から時を移さずに続きます。大団円のその先を語る話だということは、はっきりしているのです。

まず驚かされるのは、年代順では接近している「22〜31玉鬘十帖」と「34若菜上下」のトーンのちがいです。「玉鬘十帖」が華やかで軽く、無難な作品に見えるのは、源氏や紫の上、六条院に住まう人々の生活に何の影響も与えていないからです。

けれども、「34若菜上下」にははっきりした毒があります。六条院の、この世の極楽かと見える満ち足りた生活が、外見を保ちながら内部で崩れていく様を描きます。まずは紫の上の身の上に起こり、続いて源氏の身にも。

その不幸が、だれの悪意で起こってもいないところに、胸を打つ深みがあります。悪人がいるのではなく、源氏のこれまでの人生、行状からたどりつく結果になっています。最初のきっかけも、源氏本人の身から出た錆《さび》でした。

「34若菜上下」が物語の流れを一新して見えるのは、その直前までの『源氏物語』が、半ば源氏の息子世代の話に移っていたせいもあるでしょう。

源氏の一人息子の夕霧は、「21少女《おとめ》」の帖で十二歳になり、元服《げんぷく》しました。父の源氏は、この息子を将来の太政大臣《だいじょう》——大臣の最上位——と見るので、若いうちに学問を積ませようと、とりわけ厳しく扱います。

夕霧は、それまで祖父母の屋敷で育ち、幼なじみの従姉妹、雲居雁《くもいのかり》の姫君と結ばれた仲でした。なのに、勉学のために引き裂かれてしまいます。さらに、雲居雁の父親の内大臣（かつての頭中将《とうのちゅうじょう》）が、源氏へのつら当てで二人の結婚を許さなかったので、ますます望みが遠のきます。

この困難な恋が「33藤裏葉」の帖で成就したので、大団円に大きく加担しました。生真面目な性格に育った夕霧が、あきらめずに何年も雲居雁を思い続ける姿は、『源氏物語』の中では新鮮で、たいそう好感がもてます。

大団円手前の「32梅枝《うめがえ》」の帖では、源氏が自分の娘、明石の姫君の裳着《もぎ》（女子の成人式）の準備にかかりきりになっています。裳着の準備がそのまま春宮《とうぐう》（皇太子）女御入内《にょうごじゅだい》の準備になるからです。

晴れて明石の姫君が入内すると、養母の紫の上は、後宮でのお世話役を実母の明石の君にゆだねました。紫の上と明石の君は、後宮の桐壺（淑景舎《しげいさ》）で初めて対面し、長年のしこりを水に流してお互いを認めあうのでした。

一方では、夕霧が念願の結婚をして、幼年時代を過ごした三条屋敷で雲居雁と暮らし始めます。冷泉帝《れいぜいてい》（藤壺の宮の息子）は、このとき源氏に准太上《じゅんだじょう》天皇の地位を授与しますが、その前例のない誉ればかりでなく、人々が過不足なく幸福を得たことによる大団円でもありました。

これほど万事「めでたし、めでたし」の結末を迎えたのに、その先の不幸が読みたい読者は、当時、本当にいたのでしょうか。

敢えて続きを書き始めた帖が、異様な大部になったことからも、どういう契機や状況で「34若菜上下」が書かれたのかと、気になってしかたありません。「34若菜上下」からは、内容の深化とともに筆致も変わっていきます。登場人物の詠む和歌がなかなか出てこなくなりました。

源氏の若いころの物語は、人々が和歌を交わすシーンや、人物の心情を和歌で表現するシーンが、物語をささえているのが見てとれます。けれども、「34若菜上下」は散文が勝った物語です。和歌で美化することのできない人間の心情が、めんめんと文章でつづられます。

冒頭にある朱雀院《すざくいん》の逡巡《しゅんじゅん》からして、すでにそうした散文に入っています。これほど長く迷いのある心の吐露は、ここまでの『源氏物語』にはほとんど見られませんでした。

作者が高齢になったからなのか、それとも別の事情によるものなのか、確かなことはだれにも言えないでしょう。ただ、この帖から内容が異なっていることは、ほぼすべての読者が感じることだと思います。

そして、『源氏物語』に1000年以上前の作品とは思えない凄みを感じるのは、「34若菜上下」の帖からなのです。

源氏ノート5

なくもがなの求婚 〜『枕草子』参照の謎〜

「20朝顔」の帖《じょう》は、どことなく毛色の変わった帖です。

前帖の「19薄雲」で藤壺の宮が亡くなり、源氏は、だれとも分かち得ない悲しみに打ちひしがれました。悲嘆を一人で隠し続けるせいか、以前の浮気ぐせが再発し、里帰りした女御《にょうご》――亡き六条の御息所《みやすどころ》の娘――に突然言い寄ったりします。女御にとっては心外で、気分を害しました。

「20朝顔」は、その褒められない行状が、朝顔の姫君に及んだいきさつです。

式部卿《しきぶきょう》の宮の娘、朝顔は、初出が「2帚木《ははきぎ》」の帖という早くからの登場人物でした。しかし、現存する『源氏物語』には源氏とのなれそめが出てきません。ただ、源氏が泊まった紀伊守《きのかみ》の屋敷で、女房たちが客人のうわさに彼女の名を出すのです。

(源氏が)式部卿の宮の姫君に朝顔を贈った歌が、一部まちがって語られています。

ここから、式部卿の宮の姫君の通称が朝顔になりました。

本人が登場するのは「9葵《あおい》」の帖で、源氏と文通しても一度も会おうとしない、恋愛に淡泊な女性に描かれています。六条の御息所が源氏への愛執のあげく、生き霊《りょう》にまでなったのと対照的です。

源氏も、朝顔の姫君の性情をさとった上で、長く文通を続けていました。しかし、この人が賀茂神社の斎院《さいいん》になっても同じ態度で手紙を送ったのは、大きなまちがいでした。朧月夜《おぼろづきよ》との情事と同様、この文通のうわさが源氏失脚の原因になったからです。

父親の式部卿の宮は、「19薄雲」の帖で、藤壺の宮のすぐ後に世を去りました。親の喪に服すため、朝顔の姫君は斎院を降ります。源氏はその後、弔問の手紙を何度も送りましたが、姫君のほうは失脚時のうわさで懲り、返事を出しませんでした。業を煮やした源氏は、実家の屋敷を訪ねます。

か。

「20朝顔」の帖になって初めて、式部卿の宮の屋敷が桃園《ももぞの》にあることや、そこに女五《おんな》の宮がいっしょに住んでいることが出てきます。そして、源氏の父桐壺帝《きりつぼてい》は生前、式部卿の宮と女五の宮を特に大切にしていたとされます。同母の弟妹だったのでしょうか。

桃園の屋敷を訪ねた源氏は、最初に女五の宮にあいさつを入れますが、この人は内親王として独身を通した老女にふさわしく、時の流れにうとい人物に描かれます。今は大臣になった源氏を子ども扱いしたり、面と向かって美貌を褒めたりします。源氏が御簾《みす》越しに世間話をしていると、居眠りしていびきをかいたりもします。

ずれた感覚がユーモラスで、当時の「独身を通した内親王」のイメージがわかって興味深いのですが、私が密かにやりすぎだと思ったのは、この女五の宮のもとに源典侍《げんのないしのすけ》が仕えていて、源氏の前に再登場したことでした。

源典侍は「7紅葉賀《もみじのが》」の帖が初出で、すでに五十七、八歳と書かれていました。十九歳の源氏が孝行のつもりでつきあうと、頭中将《とうのちゅうじょう》が負けん気で介入し、宮中一、二の貴公子たちが老女を取り合う構図になったという、笑えるエピソードでした。

「20朝顔」の帖は、それから十三年たった時期です。

もはや存命とすら考えていなかった源氏に、源典侍は、歯が抜けてしぼんだ口になっても色好みを忘れず、思わせぶりな和歌を詠みかけるのでした。源氏は鼻白んで御簾の前を去ります。ここまでくり返すと、あまり上等なユーモアに見えません。

季節は十二月で、地面に雪が積もり、月と光り合って見えました。源典侍から逃れた源氏は、十二月の月夜の景色を「興ざめどころかますます冴える」と感じます。

先ほどの老いらくの懸想《けそう》も、世間で言う興ざめの例えにあったと、源氏の君はおかしく思い出します。

どうやら、これを言わせるために源典侍の再登場があったようです。

現代語訳では表面に出ませんが、このくだりは『枕草子』の現存しない伝本にある、「すさまじきもの（興ざめなもの）。十二月《しわす》の月。嫗《おうな》の懸想」

を引用していると、『源氏物語』の古注（『河海抄』他）にあるそうです。世間で評判の『枕草子』への反論として、源氏を十二月の月を愛でる人物に仕立ててあるのです。
現存しない『枕草子』の引用であり、これだけなら古注も本当かなと疑いますが、源氏はこのあとも、雪の積もった二条院の庭をながめながら、

「花や紅葉の盛りよりも、冬の夜の澄んだ月と雪が光り合っているのは、色もないのに不思議に身にしみる。この世の外まで思いやられて、興趣や風情というものを極めているよ。興ざめなものの例えに引いた人は考えが浅いな」

と、だめ押しの批評をするのでした。

周囲の人々は、源氏が前斎院の姫君に求婚し、女五の宮も賛成していると、しきりにうわさしました。これを知った紫の上は気をもみますが、求婚の件は何ごとも起こらずに終わります。
最後は意地になって桃園にかよった源氏でしたが、朝顔の姫君は、とうとう一度も

直接の会話をしませんでした。二条院へもどった源氏は、紫の上に打ちとけた話をして仲直りし、雪の庭に出て遊ぶ女童《めのわらわ》たちを、肩を並べて見守ります。

女童たちが雪玉をころがして遊ぶ光景は、生き生きとして美しい描写です。当時、上流の邸宅でこうした雪遊びをしたとわかるだけでも貴重です。月夜の遊びであり、そうとう凍えるだろうと想像しますが、少女たちはたいそう楽しげです。

この雪遊びを見ながら、源氏は紫の上に、藤壺の宮の思い出を語るのでした。

「先年、中宮（藤壺の宮）の御前に雪山を作らせたのは、古くからあることでも、ちょっと目を引く趣向のあることだったな。何かにつけて、その折ごとに、あのかたが亡くなったことが残念でならないよ。私からは遠く隔たった人で、詳しいご様子を見慣れることはなかったが」

この言葉が意外です。当時の読者は、中宮の御前の雪山といえば、『枕草子』の「識《しき》の御曹司《みぞうし》におはしますころ、西の廂《ひさし》に」の段を思い浮かべるにちがいないのです。

定子中宮が庭に雪山を作らせ、その山がいつまで消えずに残るか言い当てようと、清少納言が奮起するエピソードです。定子中宮や清少納言の遊び心がよくうかがえ、一条天皇がおもしろがったのもうかがえ、『枕草子』の中でも強く印象を残す段でした。

定子中宮は、長保二年（１０００年）の暮れに出産で亡くなっています。このとき清少納言は女房を辞し、紫式部が彰子中宮の女房になったのは寛弘二〜三年（１００５〜６年）ですから、二人が同時に宮中に仕えたことはありませんでした。

けれども、『紫式部日記』に清少納言の悪口が書いてあるのは有名です。紫式部が『枕草子』を知っていたのは明らかだと思われます。

それならば、たとえ反論であろうと、はっきり『枕草子』を連想させる内容は避けたいものではないでしょうか。あからさまに関連した文章があるのは、全編中で「20朝顔」の帖のみです。最初のほうの帖ならともかく、なぜ、話半ばの「20朝顔」でわざわざ『枕草子』を持ち出したのかと不思議です。同じ作者のすることとも思えません。

源氏に冬の月を愛する美意識があることは、こののち「34若菜上下」の帖が引き継いで描写しています。「34若菜上下」で女三の宮との華やかな婚礼が行われたとき、紫の上が密かにかみしめる思いにも、「20朝顔」の内容が引かれています。

「前斎院などがいらして、君が正妻を迎える覚悟もした私だけど、もう今さらとあきらめたご様子だったから、今のまま暮らせると安心していたのだ。あげくのはて、こうまで世間の耳目を集めるみっともない立場になろうとは」

私は、正妻として結婚できなかった紫の上の苦悩というテーマが、「20朝顔」と「34若菜上下」で重複して見え、「20朝顔」は外伝ではないかと考えたことがありました。「20朝顔」の帖の最後で、源氏の夢に藤壺の宮が出てきて彼を恨みますが、これが他の帖のどこにも結びつかず、孤立しているせいもあります。文章や取り上げる内容が、他と比べて独特に見えます。

けれども、何度か読むうちに、重複というより「20朝顔」の帖の内容こそが「34若菜上下」の着想を導き出したのではと思えてきました。藤壺の宮亡き後まで、源氏がいつまでも彼女を心に抱き続け、紫の上がついにその影響から逃れられなかった「34若菜上下」のなりゆきは、「20朝顔」からピックアップされたのかもしれません。

源氏ノート6

似姿の連鎖　〜藤壺の宮から浮舟まで〜

『源氏物語』は、最初から最後まで似姿の物語かと思うほど、このモチーフがくり返されています。

もちろん、もっとも重要な似姿は、源氏が藤壺の宮に似た少女として目をつけ、身代わりに手元においた紫の上でしょう。（「5若紫」）

十歳ほどの紫の上を見知ったとき、源氏は十八歳です。けれども、父の帝《みかど》の女御《にょうご》、藤壺の宮とはすでに密会をとげていました。罪の重さに怯えながらも、けっして自分の妻にできない人への恋慕に身をこがす最中です。

なので、本人の思いは切実でも、よい身分の若者が小さな女の子に求婚まがいの行動をとるので、当然ながら人々からうさんくさく見られました。

私はこのエピソードが、もとは文通仲間と共同で作った、「光源氏がさまざまな女性と恋愛する小話」のレパートリーだったのではと想像します。同時期のエピソードに、源氏が高齢の源典侍《げんのないしのすけ》とつきあう話があるので、一方に少女とつきあう話もあり、どちらの話もユーモラスだったのでは。引く手あまたの美しい貴公子が、人形遊びのお相手で過ごすのがいい例です。

けれども、長編化に際しての創作と思える「1桐壺《きりつぼ》」の帖が、源氏の生みの母、桐壺の更衣《こうい》の悲恋を語ることで、似姿のモチーフが積み重なっていきます。

桐壺の更衣は、帝の寵愛を一身に集めて後宮で妬みを受け、源氏が三歳のときに病死しました。率先して更衣をいじめたのは、第一皇子の母、弘徽殿《こきでん》の女御《にょうご》でした。

帝が、それから何年も亡き更衣を忘れられずにいると、あるとき、桐壺の更衣と顔立ちがそっくりだという、先帝の四の宮の話が耳に入ります。そこで、要請して新たに入内《じゅだい》したのが藤壺の宮でした。

藤壺の宮は遅くに入内した女御であり、帝とはかなり年が離れています。

幼い源氏は、亡き母に似ていると聞いて慕うばかりでなく、「他の女御たちとちがって、若くてかわいい」と感じます。実際、源氏の五歳年上でしかありません。源氏が十二歳で元服《げんぷく》し、妻に迎えた葵《あおい》の上は四歳年上でしたから、藤壺の宮もほぼ同年齢なのです。源氏の密かな恋愛対象になっても、たしかに仕方がないのでした。

しかし、帝が亡き更衣似だからと藤壺の宮を寵愛しても、源氏が亡き母親似だからと彼女に恋していいのでしょうか。

父の帝は、藤壺の宮を源氏になじませようとして、

「この子を嫌わないでください。この子の輪郭や目もとは、亡くなった人によく似ているので、あなたと母子に見なしたとしても、それほど変ではないのですよ」

と、ことあるごとに言い聞かせました。つまり、源氏と藤壺の宮は顔立ちが似ているのです。そうすると、藤壺の宮似の紫の上も、源氏と顔が似ていることになります。だんだん、これでは自己愛の世界じゃないかという気がしてきます。

藤壺の宮は、男児を産み落とすと、赤子の目鼻立ちが源氏とそっくりなのを見て恐れおののきました。だれもが過失に気づくと確信するほどでした。けれども、赤子が母親似でも源氏と似ているなら、怯えすぎというものでしょう。実際、不義を疑う者はだれもいませんでした。帝も疑いませんでした。(「7紅葉賀《もみじのが》」)

しかし、それから何年たっても、藤壺の宮だけが「息子は源氏に似過ぎている。父親がわかってしまう」と心配し続けます。おそらく良心の呵責なのでしょう。この絶え間ない心労がたたって、三十七歳の若さで亡くなったのではと思えてきます。

紫の上の顔立ちが源氏に似ているとは、どこにも書かれていません。ただ、紫の上がどれほど藤壺の宮に似ているかは、昼の光で藤壺の宮を見た源氏の目で、「10賢木《さかき》」の帖に描写されています。

額のはえ際、頭の形、髪の肩へのかかり具合、美しく映える顔立ちが、紫の上とそっくりです。源氏の君は、最近忘れかけていたその事実に改めて驚き、わずかに心が晴れる思いがします。

それでも源氏は、年配になってさらに美しい藤壺の宮のほうを、ことさらたぐいなき女性と見るのでした。源氏はこのとき二十四歳くらい、藤壺の宮は二十九歳くらい、紫の上は十六歳くらいです。

紫の上は、藤壺の宮の同母の兄、兵部卿《ひょうぶきょう》の宮の娘でした。兵部卿の宮は優雅でも目立つ美男とは言えないのに、その娘がどうしてこれほど美しく似ているのだろうと、源氏が密かに考えるシーンがあります。(「5若紫」)

源氏が四十歳を迎える「34若菜上下」の帖で、朱雀院《すざくいん》の女《おんな》三の宮に期待せずにいられなかったのも、藤壺の宮との近縁のせいでした。

「女三の宮の母女御は、藤壺の宮の異母姉妹でいらっしゃるはず。ご容姿は藤壺の宮の次に美しいと言われていた人だ。父母どちらに似てもこの姫宮は、並々の美人ではないのだろう」

ところが、結婚してじかに接してみると、期待が大きくはずれました。十四歳の女三の宮は、体が小さく内面も未熟でした。可憐ではあっても言動のすべてが幼稚です。源氏は、紫の上を引き取ったころを思い返し、彼女がどれほど才気のある少女で、相手のしがいがあったかを思い知ります。

それから、紫の上を大いに見直すのですが、世間体の面からいっても取り返しがつきませんでした。源氏が似姿ばかりを追い求めた過ちでした。

この、似姿を求めるモチーフが、源氏の孫世代の物語「45～54宇治十帖」にも引き継がれていきます。

源氏の没後、物語の主役は、女三の宮が産んだ男子、薫《かおる》と、明石中宮が産んだ皇子、匂宮《におうみや》に交代しました。

薫は、源氏の末子として人々にもてはやされていますが、じつは源氏の子ではありません。真の父親は密通した柏木《かしわぎ》でした。この出生の秘密にうすうす気づいているため、かなり屈折のある若者に育っています。

二十歳ほどになった薫は、仏道修行の手本を求め、宇治に隠棲する八の宮を訪ねました。交流を深めるうち、八の宮の美しい娘、大君《おおいきみ》と中《なか》の君《きみ》を見かけます。次第に姉の大君に惹かれますが、すんなり色好みには移れません。

一方、源氏の孫の匂宮は、何の屈託もなく色好みな若者です。親友の薫から宇治へ誘われると、さっそく中の君と結ばれました。けれども、薫は大君になかなか手を出せず、出せないうちに大君が亡くなってしまいます。

すると、薫がどうしたかというと、亡き大君の似姿を求めるのでした。

そこへ、八の宮が生前に認知しなかった娘、浮舟《うきふね》が登場します。側仕えの女房に産ませた浮舟の顔立ちが、大君とそっくりなのでした。

「宇治十帖」は、源氏の生涯の物語が終わった後に、時を経て書かれたことがよくわかる文章をしています。

薫と匂宮の恋模様は、若き日の源氏と頭中将《とうのちゅうじょう》のように二者で同じ女性にからみながら、物語のトーンがまるでちがいます。複雑にもつれた心情や立場の問題、思うように運ばない男女関係を描き、仏教的な厭世観もふくみます。若い源氏たちが軽く笑いをとっていたのとは、まったく異なる内容なのです。

特に注目できるのは、似姿のヒロイン浮舟の、階級の低さによって生まれる視野でしょう。

八の宮に認められなかった母親は、受領《ずりょう》クラスの男の後妻になり、生まれた娘をつれて東国へ下りました。夫は常陸介《ひたちのすけ》になり、暮らしは豊かでしたが、夫とのあいだに五、六人の子が生まれると、連れ子の浮舟は常陸介に冷遇されます。年頃を迎えての結婚も、実子の妹が優先されました。母親はこれに憤慨し、みずから浮舟にランクの高い婿を見つけようとします。


けれども、大君の似姿として浮舟を引き取る薫も、そこに横槍を入れる匂宮も、この娘を尊厳ある相手と見なしていません。宮家の血をひいていても、受領の継娘《ままむすめ》という低い地位だからです。

作者が女房階級だからこそ、このような設定と描写ができたのだと思えます。浮舟の母親の悲哀やプライド、ありがちな俗物根性まで、同情あるリアルな筆致で活写されます。宇治の物語もまた、「中《なか》の品《しな》」の物語ではあるのです。

源氏ノート7

「中の品」の範囲　〜落ちぶれた高貴な女性〜

「2帚木《ははきぎ》」の帖《じょう》で、女好きの頭中将《とうのちゅうじょう》は、「中《なか》の品《しな》」の女がおもしろいと言い出します。

この表現は、極楽往生の分類「九品《くほん》」から来るのでしょう。人の生まれながらの性質を「上品《じょうぼん》・中品《ちゅうぼん》・下品《げぼん》」に分け、それぞれをさらに「上生《じょうしょう》・中生《ちゅうしょう》・下生《げしょう》」に分けた九パターンが、観無量寿経に説かれているそうです。『枕草子』にも、清少納言が「九品蓮台《くほんれんだい》の間《あいだ》には下品《げぼん》といふとも」と書き、定子中宮に見せるエピソードが載っています（「御かたがた、君だち、上人など」の段）。当時の宮中あたりでは、人々によく知られた仏教知識なのでしょう。

十七歳の源氏は、自説をかかげる頭中将に「何を根拠に三つの品に分けるのかい」と問いかけます。高貴な生まれでも官位が低く貧しい者の娘や、身分が低くても高官になって裕福な者の娘は、いったいどの品になるのだと。

頭中将はそれに答えます（左馬頭《さまのかみ》が答えたとする解釈もありますが、私は頭中将をとりました。このあと源氏が冷やかすと、頭中将がむっとするので）。


「低い身分から成り上がっても、大臣職にふさわしい名家でなければ、高官になろうと世間の人望が異なるだろう。また、もとは高貴な家柄でも生計が立たなくなり、時勢が移って人々に見放されたら、気位《きぐらい》だけではすまないみっともないことが出てくるだろう。個別に判断して、どちらも中の品に置くべきだな」


つまり、おおむね受領《ずりょう》階級——地方長官として任地に出向する階級——の娘が「中の品」であるものの、落ちぶれた皇族貴族の娘もまた「中の品」に入るとするのです。

この見解に照らすと、「6末摘花《すえつむはな》」の帖に出てくる亡き常陸《ひたち》の宮の姫君、末摘花は、宮家の娘であっても「中の品」になります。

そして、「45〜54宇治十帖」に出てくる八の宮の姫君、大君《おおいきみ》と中《なか》の君《きみ》もまた、プライドがあろうと「中の品」ということになります。

「6末摘花」は、インパクトのある一編です。帖の最後に、たいそう印象的なので、『紫の結び』に含められないのが残念でした。幼い紫の上のシーンがあるのも惜しいのです。とはいえ、帖の始まりは、源氏が前年に亡くした夕顔を恋しく思い、同じような恋人を探しているので、『つる花の結び』系列に入るのはまちがいないのでした。

ストーリーは、左馬頭が心ときめく出会いの例として語った、「世間に忘れられ、淋しく荒れ果てた草やぶの屋敷に、思いもよらず愛らしげな女が隠れ住んでいた」という、物語の定番をふまえています。

このシチュエーションが多くの物語で使い回されたことは、「45橋姫《はしひめ》」の帖の薫《かおる》の独白にも出てきます。薫が、宇治の山荘に住む大君と中の君の姿をのぞき見ての感想でした。

若い源氏は、心細く暮らすという、亡き常陸の宮の姫君の話に心が動き、寂れた屋敷に牛車を向けました。すると、目ざとく気づいた頭中将が、変装までして尾行するのが笑えます。そして、頭中将も荒れ屋敷の物語めいた風情に夢中になるのでした。しかし、草やぶの屋敷の姫君は、この二人がどんなに恋文を送っても返事をしません。気の短い頭中将は途中であきらめます。

源氏はどちらかというと、頭中将に横取りされたくない思いから、女房にわたりをつけて姫君との逢瀬をとげました。しかし、そこで夢も覚めました。

驚くほど取り柄のない相手です。内気で無愛想で、和歌の一つも返せません。「むむ」と笑うだけというのが、おもしろくも異様です。

源氏は、顔を見ればもっと親しみがわくだろうと、雪明かりの朝、蔀戸《しとみ》を上げて姫君の容姿を見届けました。すると、たいそう長い顔に先の垂れた長い鼻、その鼻の先が赤いという、予想もしない容貌でした。前時代風に黒貂《くろてん》の皮衣《かわぎぬ》を着ているのも異様でした。

人けのない荒れ屋敷で、自分一人を待つ、高貴で美しい女という夢物語を、逆手にとった話になっています。見てしまったことを後悔しながら、必死で色男ぶる、若い源氏に笑えます。

しかし、並はずれた不器量が露見した結果、源氏は「自分以外の男では、この人の容貌に我慢できないだろう」という思いにかられ、暮らしの援助を続ける決意をするのでした。そのため、この話は末摘花の側からすればハッピーエンドでした。

『源氏物語』五十四帖には、さまざまな身の上の女性が出てきますが、一番の幸せを得たのは末摘花かもしれません。

成り上がった幸運をいうなら、明石の君が一番で、自分の娘が中宮になり、高貴な孫たちに囲まれて晩年を送ります。けれども、代償に多くの苦悩や忍耐を重ねてきました。

花散里《はなちるさと》も運のよい女性で、あまり器量がよくなくても、六条院の夏の町に住んで第二夫人になりました。それは、この人がまれにみる気立てのよさで、多くを望まず大らかに構えていたため、源氏の親愛を得たのです。

マイナス点しか持たないのに幸せになったのは、末摘花一人でしょう。

末摘花も、源氏が失脚して須磨、明石へ去ったときには、花散里以上の貧しさに耐えて源氏の帰還を待ち暮らしました。「15蓬生《よもぎう》」の帖に、その様子が描かれています。源氏の身はどうあっても裕福なので、須磨でのわび暮らしも、けっして貧しくはありません。謹慎のためにしつらえただけなのです。近くには源氏の荘園があり、衣食住に少しも困らず、摂津《せっつ》の国司《こくし》にも顔がききます。

そのため、末摘花の屋敷の真の困窮ぶりが、かえって興味深く読めます。歴史資料ではなかなか出てこないあたりです。

「6末摘花」の帖で源氏がのぞき見た、老いた女房たちの食事ぶりもリアルでした。側仕えの人々は、女主人のご膳のお下がりを食すもののようですが、食器は唐《から》わたりの青磁でも、料理にろくなものがなかったとあります。食べるものに困る生活ながら、宮家なので食器は舶来品なのです。

「15蓬生」の帖には、源氏が都を去って援助がとだえ、生計が立たない苦しさがあれこれと描かれています。

父の宮が残した家具は古美術として値打ちがあったので、若い女房は、小売りして糧を得ることを提案します。しかし、末摘花はかたくなに応じません。室内を源氏が来たときのままにしておきたいのです。

やがて、仕える人々もわずかになり、もとから荒れていた屋敷は、丈高い草やぶに埋もれました。崩れた築地塀《ついじべい》のすき間から馬や牛が入りこみ、春夏に牧童が放牧しようとする悲惨さでした。

三年して帰還した源氏は、すぐには末摘花を思い出しません。けれども、牛車が荒れ屋敷の前を通りかかったとき、ふと、消息をたずねる気を起こします。

お供の惟光《これみつ》が使者になって敷地に入りますが、露深い草むらをかき分け、人の住む気配がないと見るのも、老いた女房が惟光の姿を見て、狐が化けたかと思うのも笑えます。

しかし、こうして源氏は同じ暮らしを続ける末摘花を見つけ出し、愚直に待ち続けた末摘花の思いは報われました。ハッピーエンドです。

やがて、彼女は源氏に引き取られ、二条東院に移り住みました。そして、そのまま住み続けたことが「22玉鬘《たまかずら》」の帖に出てきます。

末摘花という、古風な育ちのまま世間から取り残された姫君は、何かと的はずれな言動をとるため、「22～31玉鬘十帖」ではまったくの道化にされます。末摘花その人に寄り添い、思いやり深く描いてあるのは「15蓬生」の帖だけだと感じます。


私はこの「15蓬生」の帖が好きです。

大宰府へ下向する末摘花の母方のおばが、末摘花を使用人におとしめようとするくだりや、乳母子《めのとご》の侍従《じじゅう》が女主人より恋人を選び、大宰府へ去ったくだりなど、興味深い見どころになっています。

もし、源氏が再発見しなければ、この不器用で不器量な姫君は、屋敷とともに朽ちて骨になっていたのでしょう。頑固一徹な末摘花が救われたなりゆきにほっとします。

ただし、「15蓬生」の末摘花は、他の帖ではあり得ないほどまともな和歌を詠むので、「玉鬘十帖」と同じ作者が書いたと見えないのはたしかです。

源氏ノート8

好対照な二人　～源氏の孫匂宮と、源氏の末子薫～

匂宮《におうみや》は、源氏の娘、明石中宮が産んだ三の宮の通称です。

これは読者の名づけではなく、「42匂宮」の帖《じょう》で地の文が語ることです。源氏の没後、世間の人々は、当世の美しい若者として三の宮を「匂兵部卿《におうひょうぶきょう》」、源氏の末子を「薫中将《かおるちゅうじょう》」と渾名《あだな》し、並べてもてはやしたとあります。

三の宮は、晩年の紫の上が特にかわいがった男の子でした。

源氏が母方から相続した二条院は、紫の上が譲り受けており、「34若菜上下」の帖になると「紫の上の私的な御殿」と書かれます。病気療養に長く二条院で過ごし、生涯最後に開いた法会《ほうえ》も二条院で行いました。（「39御法《みのり》」）

紫の上はこの屋敷を、死後、匂宮に譲ります。成人した匂宮は、人々の目がうるさい内裏《だいり》住まいを嫌い、二条院で寝起きしていました。

紫の上の追憶に生きた源氏もまた、俗世の最後の日々に、匂宮をそばに置いて慰めを見出していました。（「40幻《まぼろし》」）

そんな経緯もあり、父の帝《みかど》も母の中宮も、御子たちの中で匂宮が一番かわいいと思っています。帝が今の春宮《とうぐう》（皇太子）に譲位したときは、匂宮を次の春宮に据えたいと考えるのでした。

まったくのところ、だれからも愛されてすくすく育った若者です。屈折する必要が一つもない点では、祖父の源氏以上です。

源氏も父の帝に愛されて育ちましたが、母方の後ろ楯がなく、臣籍に下りました。また、弘徽殿《こきでん》の女御《にょうご》に目の敵《かたき》にされました。匂宮にはそのような玉の瑕《きず》がありません。押しも押されもせぬ中宮の御子であり、ゆくゆくは帝にと望まれています。

しかし、この並びなく恵まれた生まれが、匂宮の不満につながるのでした。周囲から大事にされすぎて、行動のすべてが窮屈なのです。

おとなしい男子なら、人々の期待に応えて満足したかもしれませんが、匂宮は活発でした。いろいろ冒険がしたいのに経験の場がありません。そのため、奔放な試みはもっぱら色好みの方面で発散しています。その点は、源氏の孫らしい性癖といえそうです。

匂宮と薫は、六条院でいっしょに遊んで育っていました。年齢も一歳しか離れず、ほぼ同い年です。

成人してからも仲がよく、お互いを技芸の好敵手と見なしていました。その薫が匂宮に、宇治で見た八の宮の姫君たちの話をしたのは、若者らしくマウントが取りたかったのでしょう。匂宮がうらやむのを予想してのことでした。(「45橋姫」)

「気楽な臣下の身分なら、色恋がしたければいくらでも持ちかけられる世の中です。他の宮人《みやびと》も、きっと隠れての色恋沙汰は多いのでしょう。ふさわしく魅力的な女人《にょにん》が悩ましげに住む隠れ家が、山里めいた隅の土地にあったりするのでしょう」

匂宮はすっかり乗せられ、臣下の薫を本気で妬み、親王の身の不自由さをいらだたしく思うのでした。

けれども、薫という若者には、匂宮が想像もつかない屈折がありました。源氏の末子として大事にされながら、本当の父親は柏木《かしわぎ》だと気づいているのです。そして、気づいたことを母親の女三《おんな》の宮にも言えずにいます。

「45～54宇治十帖」の物語は、薫のこの翳《かげ》りに焦点をあてて進みますが、秘密が世間に漏れるなどの、劇的展開があるわけではありません。

源氏が藤壺の宮との密通を秘めたまま、准太上《じゅんだじょう》天皇の地位に上りつめたように、薫の出生も秘められたまま、表面上は栄達を続けます。当代の帝の信頼厚く、女二の宮の降嫁先に選ばれるほどです。

とはいえ、秘めた出生の負い目が、薫の人柄に如実に現れるのでした。

若いうちから厭世的になり、出家のために妻子をもちたくないと考えます。そのくせ、八の宮の娘たちを知ってからは、色恋に無関心でもいられません。心惹かれる女性を前にすると、アクセルとブレーキを同時に踏むような性分でした。

八の宮が亡くなり、葬儀を引き受けた薫は、姉の大君《おおいきみ》への恋心を自覚します。けれども、あと一歩が踏みこめず、両者の思いはもつれてしまいます。

匂宮を宇治へ案内する気になったのは、このもつれを打開したかったからでした。大君の望みが、薫と妹、中の君《なかのきみ》との結婚なのを知り、匂宮と中の君が結ばれてしまえば、大君の心が自分に向くと期待したのです。

宇治へ誘われた匂宮は、ストレートに奮い立ちました。秘密の手助けがなければ、お忍びで都の外へ出ることもできない身です。宇治へ行くのは大冒険で、ようやく自分も「山里の隠れ家に住むすばらしい女人」に出会えるのです。念頭には恋の情熱しかありませんでした。

匂宮には、移り気な欠点があるものの、目の前の女性を全力で愛し、だれよりも魅力的だと信じる気性でした。また、愛されっ子で育っているため、相手が自分を好きになることも、無心なほど疑わないのでしょう。

この恋愛強者の性質は、不慣れな中の君にもしっかり効果を及ぼしました。

中の君にとって、匂宮の訪問はあまりに不意討ちで、初夜のあとは姉を恨んだほどでした。けれども、二日目の夜には早くも気持ちが和らいできます。そして、結婚の条件になる三夜連続の訪問を、至難であってもやり遂げた匂宮には、大君までがほっとしてしまうのでした。（「47総角《あげまき》」）

薫の煮え切らない性分が、直情的な匂宮がからむことで、鋭い対照をもって映し出されていきます。この先の展開も同じで、中の君、浮舟《うきふね》と、彼らが同じ女性に関われば関わるほど違いが際立つのです。

しかしながら、薫を影、匂宮を光、とは見なしていません。もてはやされる若者二人にそれぞれの長所と短所があり、どちらが格上ともいえないことを強調してあります。

源氏と頭中将《とうのちゅうじょう》のライバル同士には、それぞれの書き分けがあっても、結局は、頭中将が源氏の引き立て役になっていました。「7紅葉賀《もみじのが》」の帖に出てくる文章が、端的に表しています。

源氏の中将は『青海波《せいがいは》』に出演します。二人舞の相方は、左大臣家の頭中将がつとめました。頭中将は、容姿も立ち居ふるまいも他に抜きん出た若者ですが、それでも源氏の君と並んでは、花咲く桜のかたわらの深山木《みやまぎ》に見えてしまうのでした。

しかし「宇治十帖」は、そういう物語ではありません。

薫という若者は、自己肯定感が低く、要領が悪く、よい恋愛ができませんが、一度心にかけた人を長く忘れない人物です。ためらいが多く愛情が薄くても、それをおぎなう誠実さと気づかいはもっています。社会性を身につけているので、生活援助などの現実的な目くばりもよくできます。

天性の愛されっ子匂宮は、情熱的で人々を惹きつける魅力をもっていますが、生活を知らず、他人の生活の苦労を思いやることができません。色好みが優先で、女性と風流に過ごせば満足なので、その先は深く考えません。目移りがはげしく、基本的に一人の女性では満足できない性質です。

もっとも、将来の帝と見るなら、後宮に女御《にょうご》・更衣《こうい》を多く抱えるにふさわしい人かもしれません。そして、必ず有能な補佐がつくので、多少の失態はカバーしてもらえるのでしょう。

この二人の若者、恋人にしたらどっちもどっちだということが、後半に登場する浮舟が彼らの板ばさみになると、さらに鮮やかに見えてきます。

浮舟が主人公になる「50東屋《あずまや》」から「54夢浮橋《ゆめのうきはし》」は、たいそう味わい深い作品ですが、1000年以上前のこの創作で、浮舟という娘が、恋の情熱を貫こうとしなかったのは独特かもしれず、注目に値します。

匂宮の見境なしの愛情にあおられ、恋の痛みを知った浮舟ですが、宇治川に身を投げる決意をしたのは、恋に殉じるからではありませんでした。都に新築の屋敷を用意した薫が、浮舟の不実に気づいたせいでした。

浮舟の側近の二人の女房さえ、匂宮との逃避行を勧めたのに、浮舟本人の考えがちがっていたところに物語の妙味があります。綿密に描かれてきた若者二人の長所短所が、彼女の決断に響いているのです。

源氏ノート9

女三の宮という人 〜紫の上の努力と限界〜

源氏は、朱雀院《すざくいん》の娘、女三《おんな》の宮を六条院に迎えます。准太上天皇《じゅんだじょう》の地位についた源氏であり、内親王の降嫁《こうか》は、女御入内《にょうごじゅだい》の儀式に準ずるほど立派でした。婚礼の祝宴も三日間盛大に行われました。（「34若菜上下」）

各御殿に妻や里帰りの中宮が暮らす、広さが四町もある六条院ともなれば、首座につく女性の責務も通常のお屋敷の比ではないようです。年末の紫の上がひどく多忙な理由として、「正月の装いの準備を、春の町の御殿に限らず、あちらこちらの御殿の支度に自然と目を配る立場」だからと、説明する記述が出てきます。

紫の上は、正妻の名目をもたなくても、こうした実務のすべてを引き受けていたのでした。今になっての若い正妻の輿《こし》入れに、平気でいられるはずがありません。

それなのに、うわべは何でもないようにふるまいます。「20朝顔」の帖《じょう》にあったように、紫の上は、深刻につらいときほど口に出さずに隠してしまう性分でした。そして、紫の上の女房たちが新妻の悪口を言うことも、上手に封じてしまいます。みずから女三の宮の居室へ出向き、対話してお互いの良好な関係を築くのでした。

紫の上の密かな意地だったのでしょう。世間の人々が口さがなく、源氏の寵愛のゆくえを取り沙汰するのを察するがゆえでした。内外への気くばりの固まりであり、自身の心痛よりも世間体を考慮するからです。

対照的に、女三の宮は、何一つ気くばりのできない娘でした。十四歳と思えないほど内面が幼く、感性もたしなみも未熟なため、すべてを受け身で通します。すなおな気性なので、紫の上にやさしく話しかけられると好意を寄せ、嫉妬にも悪意にも無縁な人ですが、その代わり、他人の立場や心情を思いやることにも無縁でした。

源氏は、結婚した最初の三日で早くも自分の失敗をさとります。紫の上がどれほどよくできた女性かを、改めて思い知ることになり、紫の上のそばを離れたがらなくなります。

女三の宮は表向きだけ丁重に扱われ、源氏の愛情は紫の上から動かないことが、新たなうわさになって広まります。それを、父の朱雀院や、源氏の息子の夕霧や、女三の宮の降嫁を強く望んでいた柏木《かしわぎ》（頭中将《とうのちゅうじょう》の長男）が聞き知るところとなるのでした。

年月が過ぎ、女三の宮が二十、二十一歳になったころ、冷泉帝《れいぜいてい》（藤壺の宮の息子）の譲位がありました。

春宮だった朱雀院の息子が即位します。女三の宮の異母兄弟です。新帝は、父の院の心配を聞くので、女三の宮の境遇を気づかいました。彼女に二品《にほん》の位を授け、位封《いふ》を増やし、内親王の権威をさらに高めます。

源氏は、新帝や朱雀院への気がねから、女三の宮のもとで過ごす夜を紫の上と同数に増やしました。さらに、院の五十賀で披露するため、女三の宮に琴《きん》の琴《こと》の秘曲を教え始めます。

紫の上は、源氏と仲睦まじく暮らしながらも、女三の宮が来てからは、永続する夫婦愛を信じなくなっていました。ここで改めて思うのでした。

「年月が立つにつれて、宮のおかた（女三の宮）は人々の声望が高まっていく。比べて私にあるのは、源氏の君ただお一人の愛情だけ。その愛情も、だれにも劣らないのは今だけで、私があまりにも年老いたら最後は衰えていくのだろう。そんな日が来る前に、自分から俗世を捨ててしまいたい」

紫の上はこのころ三十代後半にかかっています。女三の宮の若さも脅威でした。

一方、女三の宮は、二十歳を過ぎてもおっとりと幼い人でした。源氏が琴の教授をすると、すなおに稽古に身を入れます。

源氏も体面があるので、五十賀の宴席に間に合わせようと必死でした。紫の上に断りを入れ、連日連夜女三の宮のもとで過ごします。年明けには女三の宮のため、六条院の女性を集めて琴の合奏会を行いました。

「女楽《おんながく》」の夜、源氏の目で見た演奏する四者――女三の宮、里帰りした明石の姫君、紫の上、明石の君——の容姿の比較があり、読みごたえがあります。

女三の宮はこう描かれています。


他の女人《にょにん》より目立って小柄で愛らしく、重ねた着物がそれだけで座っているように見えました。

あたりに映える美しさの面では遅れますが、どこまでも上品に可憐で、二月中旬の青柳《あおやぎ》が、しだれた枝にかすかに芽吹いた風情を思わせます。鶯《うぐいす》の小さな羽風にも乱れそうにたおやかです。桜襲《さくらがさね》の細長《ほそなが》を着ており、髪は着物の左右にこぼれかかり、柳の糸に似かよって見えました。


源氏は、女三の宮がそつなく演奏できることにほっとしますが、このときは、むしろ和琴《わごん》を担当する紫の上を気づかっていました。和琴の奏法には決まりごとが少なく、女性が習得するのは難しいと思えるのに、女三の宮の指導に忙殺され、紫の上にはろくに教授しなかったからです。

しかしながら、紫の上はみごとに弾きこなしました。源氏の息子の夕霧は、紫の上の和琴を絶賛します。ここでも源氏は、心の内で紫の上の優秀さに敬服するのでした。

「女楽」の次の夜、源氏が女三の宮の御座所へ向かったところ、いつもと同じに琴の稽古をしていたというのが、いかにもこの人のすることです。さすがに源氏は琴を取り上げ、「師匠を喜ばせることもしなさい」と言って寝所に入りました。

これまで、何ごともないふりを重ねてきた紫の上が、限界を迎えたのがこの夜でした。夜半に胸が苦しくなり、高熱を発し、そのまま起き上がれなくなります。知らせに仰天した源氏は、紫の上の看病にかかりきりになりました。他のいっさいにかまわなくなり、朱雀院の祝賀の準備も立ち消えになりました。

紫の上の病状はひと月たっても治まらず、回復のきざしがありません。環境を変えるため、源氏は病人を二条院へ移し、自分もそちらに泊まって看病を続けました。紫の上の容体は、危篤と見えるほどになっています。多くの人が二条院へつめかけます。六条院は閑散とし、女三の宮の身辺も人目が少なくなりました。

こうして、柏木が御殿に忍び入る隙ができるのでした。

柏木の密通が起きたのは、源氏の落ち度でもあります。紫の上が倒れる前から、女三の宮に仕える女房には、若く軽率な者がひしめいていました。これに気づきながらも、源氏はあえて口を出しませんでした。そうしたところに、源氏の女三の宮への関心の薄さが見えるのです。

これより数年前、女三の宮の御座所近くで、若い貴公子たちが蹴鞠《けまり》をしたのはたまたまでした。唐猫《からねこ》をつないだ紐が御簾《みす》のわきに引っかかったのも、たまたまでした。しかし、そこに有能な女房がいれば、御簾がめくれ上がって奥が見えるのをすぐに防いだはずでした。

若く軽率な女房たちは、貴公子の見物に夢中で気づかなかったのです。そして、外が見たくて立っていた、女三の宮も女三の宮でした。

柏木は、女三の宮の容姿をじかに見てしまいます。長年憧れ、六条院に輿入れした後もあきらめきれなかった姫宮の姿です。宿命としか思えませんでした。

その日から、何年も機会をうかがい続けていた柏木が、主人不在で手薄になった六条院を見のがすはずがありません。

女三の宮は、自分から何をしたわけでもなく、なりゆきが気の毒ではあります。とはいえ、侵入した柏木が手出しに及んだのは、この人に、高貴な内親王ならあるはずの近寄りがたい雰囲気が少しもなかったせいでした。

衛門督《えもんのかみ》（柏木）は、離れて想像する中で、相手は威厳に満ちあふれ、親しげなふるまいなど気後れしてしまう女人と考えていました。思いつめた心の一端を伝えて終わらせ、なまじな色気は出すまいと考えていました。けれども、間近に接した女三の宮は、思ったほど気高く気づまりな気配がしません。やさしく愛らしげで、やわやわと柔和です。それも上品ですばらしく感じるあたり、だれにも似ていないと思えました。賢明に抑制する理性も消え失せます。

（どこへでもいい、この人を攫《さら》って知らない場所に隠し置こう。私も世間を捨て去って、行方をくらまして終わるのだ）

惑乱した衛門督は、そこまで考えるのでした。

源氏ノート10

意地悪な「玉鬘十帖」 ～若い娘の悩みごと～

玉鬘《たまかずら》は、亡き夕顔と若き日の頭中将《とうのちゅうじょう》とのあいだに生まれた娘です。母の夕顔が行方知れずになると、乳母《めのと》の一家は玉鬘をつれて九州大宰府に赴任したので、二十歳になるまで九州で育ちました。

その後、地方豪族の求婚を拒んで都へもどって来ましたが、身分の低い乳母たちは、内大臣（かつての頭中将）に知らせるつてを持っていません。困っているうち、玉鬘を見つけ出したのは、父親ではなく源氏でした。（「22玉鬘」）

亡き夕顔を忘れられず、娘のゆくえを探していた源氏は、この発見をたいそう喜びました。さっそく六条院に呼び入れ、手厚く保護します。そして、玉鬘が美しく十分な教養もあるのを知ると、

「色好みを自負する男たちに求婚させ、六条院に足しげくかよわせ、その求愛ぶりをじっくり鑑賞しよう」

と、もくろみます。玉鬘を源氏の娘として公表し、一人息子の夕霧にまで、おまえの姉だと言い聞かせるのでした。

玉鬘自身の望みは、実の父親に認めてもらうことです。源氏のもとへ来たのは、源氏ならば内大臣に伝えてくれると思ったからでした。予想外のなりゆきに困惑しますが、この期待があるため、源氏には逆らえません。

ところが、源氏も、内大臣に気安く言い出せない事情がありました。かつて「雨夜の品定め」の夜、頭中将は夕顔とのいきさつを語りましたが、源氏が夕顔を見つけて恋仲になったことは、ずっと隠していたのです。

夕顔の急逝は、つれ出した源氏が死なせたも同然でした。玉鬘の素性を教えるためには、夕顔の死にふれなくてはなりません。

こうして、源氏は玉鬘のためでなく、自分の都合で長々と父親の内大臣から隠し続けるのでした。求婚者を集めて楽しみ、たくさんの恋文に目を通し、あげくは自分も玉鬘に求愛しはじめます。

求婚者たちは、お目当ての姫君にもっとも接近できたとしても、御簾《みす》と几帳《きちょう》越しに声をかけるのが関の山でした。けれども、源氏は父親の名目があり、玉鬘の顔をじかにながめ、さわりながらでも求愛できます。ずいぶん卑劣なやり口でした。

玉鬘は、いやだと思っても強く言えません。若い娘に対して、完全にパワハラでありセクハラであり、いけすかない中年男です。

源氏は三十六歳、地位は太政大臣《だいじょう》ですが、実務は内大臣に委譲してありました。政治からしりぞき、離れた六条京極わたりに広大な邸宅を構え、風流に遊び暮らす毎日です。美しく若い娘の参入は格好の刺激でした。

子どもの少ない源氏であり、明石の姫君はまだ幼い年齢です。華麗に造り上げた六条院も、人々を引き寄せる妙齢の娘の魅力に欠けると感じていたのでした。

それにしても、「22〜31玉鬘十帖」に出てくる源氏は、内大臣への態度を見ても、玉鬘への態度を見ても、ひどく人が悪いものです。

源氏のふるまいばかりでなく、物語の語り口そのものが、他の帖より意地の悪いものに見えます。主要人物の優雅さを引き立てるため、劣った人物をそこに登場させ、劣った和歌や劣った言動を笑いものにしてあるのです。

「24胡蝶《こちょう》」の帖で、紫の上があでやかな趣向を披露しますが、その対比として出されているのが、末摘花《すえつむはな》の場ちがいな態度でした。(「22玉鬘」「29行幸《みゆき》」)

末摘花は、「6末摘花」の帖でも源氏があきれる和歌を送りましたが、若い源氏は「これでも努力したのだろう」と考えて微笑し、使者の大輔《たいふ》の命婦《みょうぶ》の前でけなす言葉は口にしません。赤い鼻をほのめかす和歌を書きつけてはいますが、当人への返歌ではありません。

しかしながら、「玉鬘十帖」の源氏は違います。和歌のまずさを人前でこきおろし、露骨にからかう返歌をつくり、それを玉鬘に見せて笑わせるのでした。

もう一件は、玉鬘が地方育ちでも上品なことを強調する、近江《おうみ》の君の登場です。みずから内大臣の子と名乗り出たこの若い娘は、早口すぎるという欠点と、人々の笑いを誘う品の落ちた言動の持ち主でした。(「26常夏《とこなつ》」)

内大臣は、笑ってしまいながら処置なしと考え、長女の女御《にょうご》のもとで行儀見習いを命じます。近江の君が女御にあいさつの和歌を書き送ると、側仕えの女房から、和歌の稚拙さをからかった返歌が届きました。

ただし、近江の君という人は、返歌のあざけりにも気づきません。上流社会を知らないまま、前向きで元気いっぱいで、かわいげもあります。『源氏物語』に出てくる女性として際立つ個性があり、私はこの娘がけっこう好きです。現代に生まれていれば、早口も欠点にはならないのに、と思います。

それにしても、だめな和歌をあざける返歌を掲載しているのは、『源氏物語』全編でここにある二首だけでした。その他、紫の上と秋好中宮《あきこのむ》が詠んだ和歌を、地の文が不出来だと評する箇所があり、これも「玉鬘十帖」にしか見られないものです。(「24胡蝶」)

「玉鬘十帖」だけが持つ、他とは異なるカラーを感じます。

源氏の娘とされた玉鬘は、数多くの求婚者を集めましたが、結果としては彼女の眼中になかった男性と結婚しました。髭黒《ひげくろ》の大将が女房を味方につけ、寝所に忍び入ったせいでした。

この決着には、玉鬘ばかりでなく源氏もひどく落胆します。けれども、世間体を考えてりっぱな披露宴を開き、髭黒の大将をもてなしました。（「31真木柱《まきばしら》」）

実父の内大臣は、この結婚の少し前、玉鬘の裳着《もぎ》（女子の成人式）に招かれて親子の再会をはたしていました。さんざんじらした源氏ですが、玉鬘の一番の願いはかなえてやったのであり、そちらだけ見るならハッピーエンドでした。

語り口が意地悪に見えるのを除けば、「22〜31玉鬘十帖」には美点も多くあります。「23初音」や「24胡蝶」の帖の、正月の晴れやかさや春らんまんの船遊び、女童《めのわらわ》が鳥と蝶に扮する奉納の舞などの、華麗な趣味趣向の描写は格別です。『源氏物語』を平安朝の雅《みやび》を習得するための作品と見なすなら、このあたりも作品の顔といえるでしょう。一般的な『源氏物語』のイメージを担っていると感じます。

「28野分《のわき》」の帖に描かれる台風一過の六条院も、見どころのある光景を満載していました。

十五歳の息子夕霧は、これまで紫の上から厳重に遠ざけられていたのに、台風の騒ぎにまぎれ、初めて彼女の姿をかいま見ます。わずかに目にした紫の上の無類の美しさを、夕霧はいつまでも忘れませんでした。紫の上の臨終の場面にもその言及が出てきます。

「玉鬘十帖」を少し離れますが、私は、初期の大団円「33藤裏葉《ふじのうらば》」に出てくる、源氏と内大臣（かつての頭中将）のお互いの人物評が、うがっていると思えて好きです。内大臣が、娘の雲居雁《くもいのかり》と夕霧の結婚を、とうとう許してやるくだりです。夕霧を自宅の藤の宴に招き、若者が会場に姿を見せたとき、奥で身なりをととのえた内大臣が、その場にいる妻や若い女房に言うのでした。

「のぞいてごらん、人柄も風采も年齢とともに上がる人だから。ものごしも冷静で重々しいし、ひときわ群を抜いた風格を匂わすところは、父君にもまさるくらいだ。

あの年頃（十八歳頃）の源氏の君は、どこまでも優美で愛敬ある魅力にあふれ、顔を見れば思わずほほえみ、世間の憂さを忘れそうな気がしたものだ。官僚としてはいささか不真面目でくだけたご性分だったが、そうなって当然だった」

源氏が、官僚にはゆるすぎる人物だったというところ、いかにもありそうです。すべてに秀でて万能のように語られる源氏ですが、なるほど、行政手腕はそれほどなかったから、さっさと朝廷からしりぞいたのですね。

源氏のほうも、雲居雁と一夜を過ごして幸せいっぱいな息子に語っています。

「頑なに貫いていた内大臣の意地が、あとかたもなく崩れ去ったことを、世間の人々も噂《うわさ》にするだろうよ。

とはいえ、自分が勝ったと得意顔になり、慢心して浮気心など見せてはならないぞ。内大臣は、大らかで度量の広い人物のようでも、その下の性格には男らしくない一癖があって、つきあいにくいところもある人なのだから」

源氏のほうが辛口ですが、息子への訓示なのでこんなものでしょう。若いころからの頭中将の行状を見ても、負けん気を起こすとしつこいところなど、言うとおりだろうと思えます。それでも、冗談や笑うことが好きな人物であり、源氏より大らかで度量が広く見えるのもわかる気がします。

玉鬘は、亡き夕顔の柔らかな気性とともに、この父親のほがらかさを受け継いでいました。源氏はそこに魅了されています。

源氏ノート11

浮舟の母親　～高貴な連れ子をもった意地～

「宇治十帖」（「45橋姫《はしひめ》」～「54夢浮橋《ゆめのうきはし》」）後半に登場する最後のヒロイン、浮舟《うきふね》は、宇治の八の宮が側仕えの女房に産ませた子です。正妻の子の中の君《なかのきみ》や、八の宮を崇敬する薫《かおる》から見ても意外な出自でした。

源氏の異母弟にあたる八の宮は、北の方（正妻）一人を愛して他に妻をもちませんでした。北の方が中の君の出産で亡くなると、いたいけな姉妹が気がかりで出家できず、仏道修行のかたわらで大君《おおいきみ》と中の君を養育していました。（「45橋姫」）

ところが、北の方が亡くなったころ、八の宮は中将の君という女房と関係をもっていたのです。そして、この人が女の子を産むと後悔して遠ざけ、仏道修行に専念しました。

居づらくなった中将の君は、女房を辞めて受領《ずりょう》階級の男の後妻になります。

思い出すのは、源氏のライバル頭中将《とうのちゅうじょう》が、多数の女性と関係をもち、子どももあちらこちらにつくったという過去です。近江の君が娘と名乗り出て、笑い話にされていましたが、頭中将は、多くの妻に生まれた息子たちが大きくなると、母の身分や子の人柄に応じて取り立ててやったとも語られています。(「25蛍」)

道心ぶって子を認知しない八の宮より、かえって罪が少ないと思えてきます。

中将の君の夫は、当初は陸奥守《むつのかみ》、次に常陸介《ひたちのすけ》として東国に赴任しました。常陸国は介が現地のトップであり(守《かみ》は親王の役職で、職名のみで下向しない)、全国の任地の中では上級です。下級貴族よりもずっと多くの蓄財が可能で、都の屋敷を豪華に飾っています。

ただし、常陸介には前妻の子が何人かいる上、中将の君との子も五、六人生まれました。そのため、血のつながらない浮舟を冷遇していました。

母親のほうは、浮舟の高貴な血にプライドを持っています。この娘は容姿一つをとっても、常陸介の子どもより格段に美しく上品なのです。発奮した母親は、夫を無視してわが娘の婚活を始めるのでした。（「50東屋《あずまや》」）

「宇治十帖」の物語は、浮舟が登場するまで、八の宮の娘の大君と中の君、源氏の末子（実の父は柏木《かしわぎ》）の薫と源氏の孫の匂宮《におうみや》という、皇族貴族の男女ばかりで話が進行していました。しかし、ここへきて受領の妻になった母親という、ワンランク下の視野が生まれると、語りの細部ががぜん活気づきます。『源氏物語』は、やはり作者も読者も女房階級の女性なのだと実感できます。

常陸介の屋敷では、妹の結婚によって浮舟が今までの曹司《ぞうし》を失い、母親は中の君に手紙を書く決心をしました。異母姉妹のよしみで浮舟を二条院であずかってくれと、たのみこみます。

このころ、中の君は、匂宮の最初の男子を出産したところでした。

匂宮が右大臣（夕霧）の六の君と結婚したり、薫が大君の死を悔やむあまり、中の君に言い寄ったりと、ずっと悩みがつきなかったのですが、赤子が生まれると匂宮が二条院に居続けるようになり、いくらか心も落ち着きます。母親に承諾の返事をしました。

二条院へ来た母親は、匂宮の姿をのぞき見て、桜の花枝のような美しさに感嘆します。さらに感心したのが、自分の夫より見栄えのいい四位、五位の男たちが、そろって匂宮にかしずくことでした。

供人《ともびと》として目立ちもしない、顔立ちも平凡な男が、以前の婚活で浮舟の婿にと願った左近少将《さこんのしょうしょう》なのも発見します。匂宮の気品と魅力、あたりを払う高貴さをまのあたりにし、「このような婿君なら、浮気がどうのと言えない。七夕《たなばた》の一年に一夜でいいから夫に迎えたい」と考えるのでした。

そのあと、浮舟の母親は、あいさつに訪れた薫の姿ものぞき見ます。中の君と親しく語らう様子をうかがい、たちまち目移りしました。

「すべてに理想的な殿方だ。浮舟には、一年に一夜でもこのような彦星を待たせたい」

匂宮ほどの美貌ではなくても、すべてが高雅で優美です。供にも大勢の男がつき従っています。

これより前、宇治に住む弁《べん》の尼《あま》が、浮舟を迎えたいという薫の申し出を母親に伝えてありました。貴人の気まぐれだと本気にしなかったのですが、当人の卓越した容姿やふるまいを見てしまうと、母親も考えなおす気持ちになります。

中の君は、薫がいつまでも亡き大君を偲び、矛先が自分に向くのをかわそうと、自分以上に姉とよく似た娘の話をしてあったのでした。（「49宿木《やどりぎ》」）

そして、さし向かいで浮舟をながめた中の君は、額のあたりや目もとの魅力、おっとりした上品さが大君とそっくりだと確信します。浮舟の母親にも、薫の申し出を受けるよう勧めるのでした。

このように、浮舟自身の意志はまるで関係なく、周囲の思惑でものごとが進みます。まずは母親が「この子によかれ」と果敢に進めているのです。

浮舟の母親が、かつて八の宮の女房に仕えたのは、北の方の姪にあたる縁故からでした。

北の方は大臣の娘なので、姪のこの人もそう低い家柄ではないのです。それゆえ、中の君に対してもやや屈折がありました。二条院の優雅さを見せつけられ、血筋はほとんど同じなのにと、わが娘との格差が悔しいのです。

この母親は、受領の夫をあなどる気持ちが消えません。東国で長く暮らした垢抜けなさを、やりきれなく思っています。財にまかせた裕福な暮らしも、洗練された趣味教養の面ではかなり劣っていたからです。

だからこそ、浮舟の結婚にはランクが上の婿君をと、強く願うのでした。


母親のなすがままの浮舟ですが、当人の心情として最初に記されるのは、「二条院の優雅な暮らしを知るのがうれしい」という、若い娘らしい思いです。異母姉の中の君とも、もっと親しくなりたかったのです。

しかし、匂宮の横槍があってそれも不可能になりました。西の対で浮舟を見つけた匂宮は、たちまち気に入り、その場で手を出しかけたからです。浮舟の乳母《めのと》が阻止して事なきを得ましたが、知らせを聞いた浮舟の母親は、もはや「浮気がどうのとは言えない」とは考えませんでした。すっかり動転して浮舟を二条院からつれ出しました。

薫は、浮舟が三条の小家に隠れ住んだと聞き知ると、すばやい行動に出ます。弁の尼を小家に送りこみ、不意討ちで訪問して浮舟との逢瀬をとげ、翌朝は牛車に乗せて宇治へ向かいました。

大君の生前、当然の情況下であっても手出しできなかった薫を思うと、別人のような早わざでした。この扱いの差は、浮舟の身分の低さがそうさせるのでしょう。このとき、薫の官職は大将です。すでに、当代の帝《みかど》の娘、女二の宮を正妻に迎えてもいます。浮舟に心惹かれても、外聞が悪くて恋文を出せないほど身分に違いがありました。亡き八の宮の山荘は、薫が新しい屋敷に建て替えてありました。この屋敷に似姿の浮舟を住まわせ、自分は亡き大君を偲ぶために宇治まで来ようと考えるのでした。

わびしい山里に囲われたことに、浮舟はもちろん母親も異議をとなえることができません。しかし、薫が、都に新しい屋敷を建てて浮舟を迎えると約束したので、母親はそれで納得し、その日を楽しみに待ったようです。

浮舟がどう思ったかは書かれていません。

薫の訪問はかなり間遠だったので、宇治の暮らしは淋しく退屈でした。そして、薫が訪れたときは必ず亡き人を偲び、亡き人と比較して見ることは、浮舟も承知していたでしょう。彼女はあくまで大君の「人形《ひとがた》」なのであり、そのことを、浮舟自身はどうすることもできませんでした。

どれほど容姿が似ていようと、東国育ちの浮舟には、優雅に琴を演奏することはできません。巧みに和歌を詠む素養もありません。薫の前では、恥じて恐縮するばかりだったでしょう。

あきらめ気分ながら、生活には何の不足もない、薫の愛人としての暮らしに、また も横槍を入れたのは匂宮でした。二条院で見かけた浮舟を忘れていなかったのです。あれこれと巧みに探りを入れ、薫が宇治に囲っていることをつかんだ匂宮は、その事実にも奮起しました。自分が先に見つけた女だと思っているのです。薫の不在を見はからい、内密に宇治行きを決行し、浮舟の住む屋敷に潜入しました。

薫の愛情を涼しい水の流れとするなら、匂宮の愛情は燃えさかる炎でした。これまで炎の熱さを知らなかった浮舟は、次第に匂宮に惹かれていきます。(「51浮舟」)

何も知らない母親は、宇治の屋敷を訪ねたおり、弁の尼に薫との仲介を感謝しました。二条院に居づらくなった事情を打ち明けると、弁の尼の話が匂宮の女癖の悪さに及びます。中の君の女房たちが匂宮の手出しに苦労すると聞き、母親は言いました。

「まあ、ぞっとする。大将（薫）どのは帝の御娘を妻になさったおかただけど、私の娘とそちら様は何のご縁もないから、よくも悪くもどうしようもないと、畏れ多くも思っているのですよ。もしも娘が宮様（匂宮）とよからぬことを引き起こしたら、どれほど悲しくつらかろうと、今後は母子の縁を切るでしょう」

これを聞いた浮舟が、身投げを思いつくとは考えもしなかったのでした。

源氏ノート12

紫の上の死

～葬送の空の月～

「34若菜上下」の帖《じょう》で容体が危篤にまでなった紫の上は、その後少しもちなおしましたが、とうとう全快には至りませんでした。

目立った症状もなく衰弱していくので、回復の望みがないのがわかります。

強風の吹く秋の夕方、萩《はぎ》の上露《うわつゆ》を和歌に詠んだ紫の上は、それから意識をなくし、夜明けに静かに息を引き取りました。四十三歳でした。(「39御法《みのり》」)

取り乱した源氏は、紫の上に出家の断髪をさせたいと言い出します。生前、紫の上がどれほど願っても出家を許さなかったからです。しかし、これには息子の夕霧が、亡くなってからでは来世のためにならないと反対し、やめさせました。

父が判断力を失っているのを見て、葬儀の僧の手配などは夕霧が取り仕切ります。

とはいえ、息子の夕霧も、完全に冷静にはなれませんでした。心に思います。

「いつの日か、かつてかすめ見た程度にもお姿を目にすることができないか、ほのかにお声が聞けないかと、心の底に願い続けてきた。

とうとうお声を聞くことはかなわなくなったが、虚しい亡きがらであっても、今一たびと望んだ心がかなえられないものか。もう、今しか時はないのだから」

かつてかすめ見たというのは、「28野分《のわき》」の帖の台風の日のことです。紫の上は二十八歳ごろ、夕霧は十五歳ごろです。その前もその後も、源氏は息子をけっして紫の上に近づけませんでした。自分が藤壺の宮に行ったことを警戒したのでしょう。亡くなった場での夕霧の独白で、源氏の遠ざけ方がいかに徹底していたかがわかります。

そんな源氏も、夕霧が紫の上の亡きがらを見ることは許しました。あまりの悲嘆で気が回らなかったともいえます。

死後に再会をかなえた、夕霧の目線で紫の上を描写することで、哀惜が増しています。無防備に横たわってもたぐいなく美しい人の姿に、夕霧は、死霊《しりょう》であろうと声をかけてほしいと願うのでした。

鳥辺野の葬儀の帰り、源氏は最初の妻、葵《あおい》の上の葬儀の暁《あかつき》を思い起こします。そのときはまだ周囲が見え、明るかった月の形を覚えています。今回は目がくらんで何も見えませんでした。

「9葵」の帖にある葵の上の葬儀も、一人娘に先立たれた左大臣の悲嘆が痛々しく、印象に残る葬儀の描写でした。

死別は世の常とはいえ、若い源氏の君にはまだ慣れず、若くして世を去った妻に思い焦がれます。八月二十日あまりの有明《ありあけ》の月がかかり、空の景色も感傷をさそう上、左大臣が子を思う闇に惑うのも当然と、火葬の煙の失せた空ばかりを見上げる心境です。

旧暦なので、月齢と日付はだいたい一致しています。二十夜以降の遅い月の出であり、明け方の空に残っているのです。

紫の上が亡くなったのは八月十四日で、葬儀の暁は十五日でした。

ほぼ満月の月が葬送を照らしたというのに、涙におぼれる源氏には何一つ見えなかったのでした。

日本人の美意識のお手本になる『源氏物語』ですが、意外にも、満月の夜はあまり出てきません。「4夕顔」の帖で、源氏が夕顔を廃院につれ出す夜が、八月の十五夜だったのが目立つ程度です。そこでは、満月の明るい光が、板ぶき屋根のあちらこちらから射し入るという、夕顔の家の粗末さの強調に使われていました。

もちろん、秋の夜に管弦の遊びを楽しむ人々ですから、「13明石」には、十五夜を惜しむ兄の帝《みかど》の言葉がありますし、「37鈴虫」には、十五夜の宴の様子も描かれます。けれども、満月の美しさを描写したことは一度もないし、少なくとも源氏の身辺では、名月にお供えする習慣はないようです。『源氏物語』では、男が女の家を去る暁の空に見かける、有明の月のほうがずっと多く登場するのです。

早い月齢の月も描写がありません。「三日月」という言葉は『源氏物語索引』（岩波書店）を確認しても載っていません。けれども、「夕月夜」という表現であれば七例あります。

「1桐壺《きりつぼ》」の帖には「夕月夜のさやかに美しいころ」と語られるシーンがあり、情景が印象的でした。桐壺の更衣《こうい》が亡くなって間もなく、哀愁にふける帝が、実家で喪に服す更衣の御子（のちの源氏）を思いやり、使者をつかわして見送った場面です。

このような秋の宵には、管弦の遊びに、桐壺の更衣が心にしみる琴の音を鳴らしたと、しんみり思い返しているのでした。ふと口にする何気ない言葉も、他の女人《にょにん》とは異なる人でした。今でも面影が身に寄りそい、更衣がすぐそこにいるような気がしてなりません。けれども〝闇のうつつ〟には劣り、けっして現実にはならないのでした。

源氏は紫の上を失ってから、茫然自失の日々を送ります。

出家を考えていますが、妻の後追いと見られるのは体裁が悪く、すぐには行動に移せません。閉じこもり、訪問する人々の前にも出なくなった源氏を心配し、娘の明石中宮は、六歳くらいの三の宮（のちの匂宮《におうみや》）を六条院へ行かせました。

「40幻《まぼろし》」の帖は、紫の上の追憶のみで一年をおくる源氏を描いた帖になっています。

紫の上が愛した春の花の盛りが過ぎるころ、淋しさに負けた源氏は、六条院の女性たちを訪ねました。そして、明石の君のもとで、生涯胸に秘めてきたものごとを少しだけ口にするのでした。

「亡き后《きさい》の宮（藤壺の宮）が世を去った春には、桜が咲くのを見ても〝今年ばかりは墨染めに咲け〟と思ったものだ。それは、世間の評判から言っても優れてお美しかったあのかたを、幼いころから知っていたため、悲しさも人一倍だったのだ。夫婦の情を持つ相手でなくても、悲哀が極まる例はあるのだ」

逢瀬があったことを伏せますが、自分から藤壺の宮を引き合いに出して、紫の上への哀惜を語ります。

「長年暮らした人に先立たれ、心を静めて忘れることができないのも、ただ夫婦の情で悲しむわけではないよ。幼いうちから教え育て、共に過ごした歳月の末に見捨てられ、私自身にもあの人にも、大量にある思い出をたどることが耐えがたいのだ。心を打つことも、風流な味わいも、興趣のある筋も、広く思い廻らすどんな方面にもすべて、あの人との関わりを思い出すから、こんなに悲しい」

紫の上を亡くして、源氏はようやく真に気づいたのでしょう。

最初は藤壺の宮を思うためにつれてきた紫の上であっても、人生を歩む大量の時間をともに過ごしたのは紫の上であり、藤壺の宮ではなかったことを。紫の上こそが、かけがえのない源氏の半身だったことを。

源氏の心の首位を占める女性は、とっくに藤壺の宮ではなく、紫の上になっていたのです。けれども、身にしみて自覚したのは亡くなってからではないでしょうか。

紫の上のいない日々を、源氏はぬけがらになったように送ります。

一方で、尼になった女《おんな》三の宮が、いっさい源氏に同情することなく、マイペースに仏道修行をしているのが、皮肉でもありおもしろいです。

幼い匂宮は、春の日の六条院にやって来て、「ばばが、まろにおっしゃったから」と、対の屋の紅梅と桜の花を見て回りました。そして、その年の暮れ、源氏が最後の年賀の品を見つくろう時期にも、まだ源氏のそばにいて、元気よく大晦日の鬼やらいの計画を練っています。

灯火が尽きるように終わりを迎える源氏には、伸びざかりの生命力を輝かせる匂宮が、数少ない慰めになったことは想像にかたくありません。

「源氏物語」に出てくる官位・官職（男性）

文官	官位	武官
太政大臣《だいじょうだいじん》	正一位または従一位	
左大臣《さだいじん》　右大臣《うだいじん》　内大臣《ないだいじん》	正二位または従二位	
大納言《だいなごん》	正三位《さんみ》	
中納言《ちゅうなごん》	従三位	大将《だいしょう》（左右近衛府《このえふ》）
参議《さんぎ》（宰相《さいしょう》）定員８名	正四位	
＊三位以上の高官と、四位から特に選ばれた参議（宰相）が国政会議を行う ＊正員以外に権《かり》に任ずる官を権官《ごんかん》といい、権大納言《ごんだいなごん》、権中納言《ごんちゅうなごん》のように称する		
卿《きょう》（中務《なかつかさ》・式部《しきぶ》・治部《じぶ》・民部《みんぶ》・兵部《ひょうぶ》・刑部《ぎょうぶ》・大蔵《おおくら》・宮内《くない》）	正四位	
左大弁《さだいべん》　右大弁《うだいべん》	従四位	中将《ちゅうじょう》（左右近衛府）
按察使《あぜち》	従四位	督《かみ》（左右衛門府《えもんふ》）
	従四位	督（左右兵衛府《ひょうえふ》）
左中弁《さちゅうべん》　右中弁《うちゅうべん》	正五位	少将《しょうしょう》（左右近衛府）
少納言《しょうなごん》	従五位	佐《すけ》（左右衛門府）
文章博士《もんじょうはかせ》	従五位	佐（左右兵衛府）
＊五位以上で、清涼殿《せいりょうでん》の殿上《てんじょう》の間に昇殿をゆるされる者を殿上人《てんじょうびと》という 例外として蔵人《くろうど》（六位）は殿上人に入る		
地方官		
大弐《だいに》（大宰府《だざいふ》）	正五位	
小弐《しょうに》（大宰府）	従五位	
大国《たいこく》・上国《じょうこく》の守《かみ》（国司《こくし》）	従五位	
大国・上国の介《すけ》（国司）	正六位または従六位	
中国《ちゅうごく》・下国《げこく》の守《かみ》（国司）	正六位または従六位	
＊六位以下の官位の者を地下《じげ》という 最も低い官位は、八位または九位の下にある大初位《だいしょい》・少初位《しょうしょい》		

「源氏物語」に出てくる官位・官職（女性）

帝《みかど》の后妃

中宮《ちゅうぐう》	元は皇后《こうごう》の別称で皇后と同じ 女御から一人が昇格する
女御《にょうご》	後宮に住み、帝の寝所に侍する 通常は大臣や皇族の娘で、三位以上に叙する
更衣《こうい》	女御に準ずる下位の女官 通常は大納言《だいなごん》以下の娘で、四位～五位に叙する
大后《おおきさき》	皇太后《こうたいごう》（当代の帝の生母）、または先帝の皇后の呼称
御息所《みやすどころ》	帝の御子《みこ》を産んだ女御・更衣、 のちに春宮《とうぐう》・親王《しんのう》の妃《きさき》の呼称

後宮の女官

	官位	
尚侍《ないしのかみ》	従三位	内侍司《ないしのつかさ》の長官
典侍《ないしのすけ》	従四位	内侍司の次官

＊内侍司……帝に近侍して伝言を取り次いだり、後宮の礼式や雑事をつかさどる
内侍司の職員は末端まですべて女性

神事

斎宮《さいぐう》	帝の即位ごとに代替わりし、伊勢神宮に奉仕する 未婚の内親王《ないしんのう》・女王《じょおう》から選出される
斎院《さいいん》	帝の即位ごとに代替わりし、賀茂神社に奉仕する しかし、一代で交替しない例もよくあった 未婚の内親王・女王から選出される

親王・内親王の位階

一品《ぼん》～四品《しほん》の位階があり、官位一位～四位に相当する　位がない場合は無品《むほん》という

源氏ノート13

優雅な四季の邸宅1　～中宮の秋の町～

「19薄雲」の帖《じょう》で藤壺の宮が世を去ると、源氏の心身に一つの転機が訪れます。

源氏自身が、藤壺の宮を失った悲嘆をもてあます中、当代の帝《みかど》が真の父親はだれかを知ってしまうのです。秘密を帝に告げたのは、源氏が思いも及ばなかった伏兵、藤壺の宮が長年祈禱を依頼していた僧都《そうず》でした。

十四歳の若い帝は、自分が知り得たことを、内大臣の源氏に直接告げる勇気が出ません。一人で悩んだあげく、源氏に帝位を譲りたいと言い出します。

源氏も、面と向かって口にできないながら、帝が秘密を知ったとさとりました。心を静め、あくまで臣下の立場から、統治に自信をなくした帝をなだめ、はげましますす。そして、譲位を固辞して密かに決意するのでした。

「権中納言《ごんちゅうなごん》（かつての頭中将《とうのちゅうじょう》）が、大納言に昇進して右大将を兼務するから、彼があと一つ階級を昇ったら、私のすべての権限を彼に譲りわたそう。そうした後で、自分はともかく静かな生活に入ろう」

「21少女《おとめ》」の帖になると、この決意が実現しました。

頭中将が内大臣、源氏が太政《だいじょう》大臣に昇進したところで、太政大臣の権限を内大臣に委譲します。源氏自身は政治から遠ざかり、六条院の建設に取りかかるのでした。

六条京極わたりには、若き日の源氏がかよった六条の御息所《みやすどころ》の屋敷がありました。亡くなった御息所の娘は、源氏が後見して帝の女御《にょうご》になっています。その地所を含めた四町四方の土地を手に入れ、だれにもまねできない広大な邸宅を築き上げました。

それより先、里帰りしていた御息所の娘には、「春と秋ではどちらが好きか」と問いかけていきます。（「19薄雲」）

源氏がしんみりと亡き御息所を偲び、野の宮の秋の別れを語り聞かせた後でした。

女御は「母のよすがに」と秋を選びます。ここから、のちに中宮になったこの人の通称が秋好中宮《あきこのむ》になりました。しかし、感傷にひたった源氏から「あなたとも分かち合おう」と言い寄られ、ひどく迷惑しました。

この流れで、御息所の娘は「秋の夕べ」を好み、紫の上は「春のあけぼの」を好む女性なのが判明します。

源氏は、六条院に住む女性たちの好みに合わせ、四つの町のそれぞれの御殿の庭を、春・夏・秋・冬の意匠に分けて造園するのでした。

もとは六条の御息所の屋敷のあった南西の町を、秋好中宮の里帰りの御殿にします。八月になって落成した様子はこのようでした。(「21少女」)

もとからの築山《つきやま》に紅葉の色濃い木々を添えて、泉から水を遠くまで引き、水音を高くするように岩を立てて滝を落としました。広々と秋の野のように造ってあるので、今の季節に合って花盛りです。嵯峨野の大堰川《おおいがわ》あたりの野山も見劣りしそうな風情でした。

御息所の娘は、帝の代替わりで伊勢の斎宮《さいぐう》を降り、都にもどってまもなく母を亡くしました。源氏は、御息所の見舞いに六条の屋敷を訪ね、几帳《きちょう》の奥に娘の姿をのぞき見ています。遠目でしたが、頭の形が上品で気高く、小柄で愛敬のある人のようでした。（「14澪標《みおつくし》」）

この娘を、帝の女御に入内《じゅだい》させると決めた源氏は、もっとはっきり容姿を確かめたかったのですが、それから一度も見ることがかないません。そのくらい慎重で身辺に気づかいのある人柄で、保護者ぶった源氏に対しても、長いあいだ女房を通してしか会話しませんでした。

帝（藤壺の宮の息子）は、御息所の娘が入内したとき、大人のお相手は気づまりだと考えていました。すでに入内している権中納言（かつての頭中将）の娘は、ほぼ同年で楽しい遊び友だちだったからです。けれども、前斎宮の女御が小柄でつつましく愛らしく、絵を描くのがたいへん上手なのを知って、すぐに慕うようになりました。（「17絵合《えあわせ》」）

とはいえ、先に入内した女御をさしおいて中宮に立后《りっこう》できたのは、後見する源氏の力に他なりません。秋好中宮もこれを自覚し、年を追うごとに源氏への感謝を深めていきます。

生前の六条の御息所は、源氏との実りのない関係に苦しみ、思いつめたあげく、生き霊《りょう》となって正妻の葵《あおい》の上をとり殺しました。(「9葵」)

源氏は、病床の葵の上が御息所の口ぶりで歌を詠むのを聞いてしまい、愛執がおぞましくなります。御息所も、源氏に知られたのを察して伊勢へ下ったのでした。(「10賢木」)

けれども、旅立つ直前に野の宮を訪れた源氏は、御息所との別れを惜しみ、この上なく哀切な夜明けを経験します。いつまでも忘れられず、兄の帝に語ったこともあるし、御息所の娘にも美しい思い出として語っています。

若いころの私は、この源氏の心境が不思議でした。葵の上を恨み殺した恐ろしい人を、どうしていつまでも慕えるのだろうと。けれども、今になってみると、源氏がけっして忘れられないのは、生き霊になるほど追いつめた自分の過失のほうだと思えます。

年の離れた源氏との恋仲が、世間のうわさになって広まったことが、御息所の苦悩のもとでした。源氏は、簡単にはなびかない人を口説き落としておきながら、御息所がなびくと熱が冷め、夕顔などの他の女性に目うつりしていたのです。

源氏は、娘の後見をして六条の御息所の心が安まればと、一度ならず口にしています。入内させたのも罪ほろぼしのつもりなのです。それでも、死霊となった六条の御息所が、このあとも源氏につきまといます。ネガティブな形ではありますが、源氏の生涯にいつまでも消えずに残る、物語に不可欠な登場人物なのです。

六条院の秋の町の風情は、「28野分《のわき》」の帖でもうかがえます。

秋好中宮の西の町の庭園は、秋の花を多く植えてあります。

今年は前年以上に見どころが多く、美しい色彩を尽くしていました。風情のある黒木、赤木の籬垣《ませがき》を立ててあり、同じ花でも枝ぶりや姿がよく、朝夕の露が玉のように光り輝く美しさは他では見られません。秋の野辺《のべ》に似せた景色を見わたせば、春の山を忘れるほど涼しげな興趣があり、心を奪われるのでした。

台風の翌朝早く、源氏の息子の夕霧が使者になって出向き、中宮の御殿の優雅な様子をながめる描写があります。朝霧にかすむ中、庭に降りた秋色装束の女童《めのわらわ》四、五人が、色さまざまな虫籠を持ち歩き、露をふくませたり、折れた撫子《なでしこ》を摘んだりしているのでした。

秋好中宮が、虫の声を楽しむために庭園に虫たちを放っていたことが、「37鈴虫」の帖の源氏の言葉にもあります。

「秋の虫の声はどれも趣《おもむき》があるが、松虫が特に優れていると、中宮がわざわざ遠くの野まで人を派遣して探させ、秋の町の庭に放したものだ。けれども、生き残った虫は少なかったから、名前に似合わず生命力の弱い虫のようだね」

ちなみに、『源氏物語』を英訳し、ロンドンで出版した（刊行１９２５年〜１９３

3年）東洋学者アーサー・ウェイリーは、「37鈴虫」の帖だけ訳すのを省きました。彼の英訳は他にも省略が入った帖がありますが、完全に除外したのは「37鈴虫」だけです。

アーサー・ウェイリー訳を、再び日本語に訳しなおした佐復秀樹氏は、その理由として「全六巻の制約のなかで、宇治十帖をなるべく完全な形で翻訳したかったのでは」と、解説に記しています。ウェイリーは、浮舟《うきふね》が登場する「宇治十帖」後半を特に高く評価していたそうです。（平凡社ライブラリー『ウェイリー版源氏物語3』2009年）

「37鈴虫」はたしかに短い帖ですが、私としては、省いていいほどどうでもいい帖ではないと思っています。ひょっとすると、イギリス人のウェイリーには、虫の声を愛でるという風流が、感覚的にあまり理解できなかったのではと思ったりします。

日本人（と、ポリネシア人）は、虫の音《ね》を言語脳（左脳）でとらえるけれど、西洋人は音楽脳（右脳）でとらえ、雑音として処理しているという、角田忠信教授が行った研究があります。（大修館書店『日本人の脳　脳の働きと東西の文化』1978年）

真偽のほどはわかりませんが、少なくとも『源氏物語』原文に「虫の声」とあるからには、1000年以上の昔、私たちの祖先が秋の虫の音を「声」ととらえていたのは事実のようです。

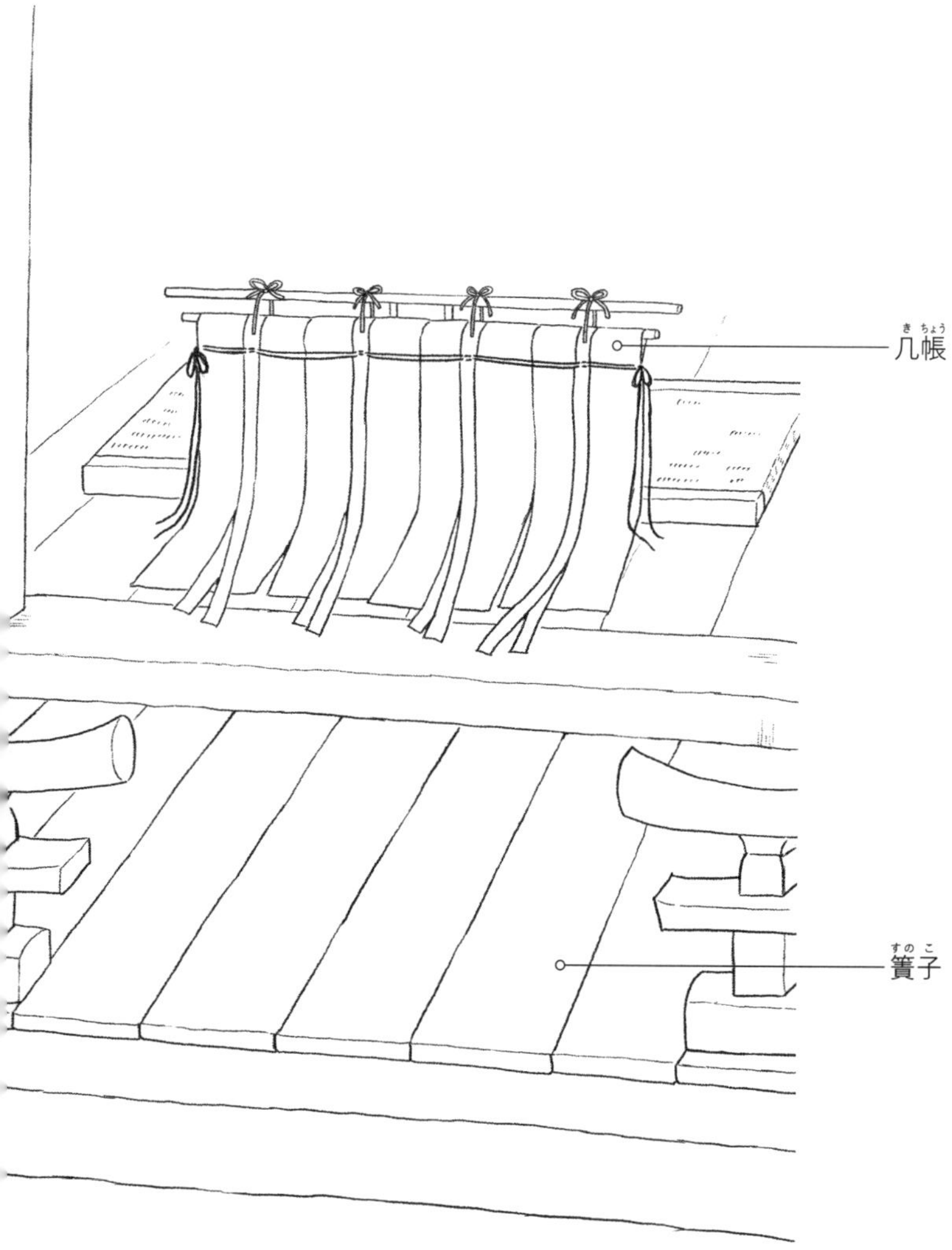

几帳
きちょう

簀子
すのこ

源氏ノート14

優雅な四季の邸宅2 〜春を好む紫の上〜

四町ある六条院の、秋好中宮《あきこのむ》の町の東隣の町は、紫の上の好みに合わせた庭園が造られました。（「21少女《おとめ》」）

南東の町は、築山《つきやま》を高くし、春の花の木を数知れず植えました。池の眺めが特に優れています。御殿に近い前栽《せんざい》は、五葉の松、紅梅、桜、藤、山吹、岩躑躅《つつじ》など、春に愛でる花々ですが、それしか植えないのではなく、秋の花を少しずつ混ぜてありました。

源氏は紫の上といっしょに暮らすので、四町ある邸宅といえども、六条院の中心はあくまで春の町の御殿です。敷地が一町あれば、大きな寝殿造りの御殿と十分な広さの庭園が収まるのですから。

紫の上は、御殿の東の対を住まいとし、源氏の幼い娘、明石の姫君は、寝殿の西面《おもて》で育ちます。のちに朱雀院《すざくいん》の女《おんな》三の宮が降嫁《こうか》したときも、寝殿西面の放出《はなちいで》（寝殿とひと続きに建てた離れ）に迎え入れられています。

落成したのが八月だったので、入居後は、秋の町の庭園が先に見どころを迎えました。秋好中宮は、廊や渡殿《わたどの》の橋でつないである春の町の御殿に、秋色に着飾った女童《めのわらわ》の一行をつかわし、盆にのせた花紅葉《はなもみじ》を届けます。手紙には和歌がありました。

「心から春まつそのは　わがやどの　紅葉を風のつてにだに見よ」

源氏がこれをおもしろがり、紫の上に「春になればお返しをすればいい」と言って「21少女」の帖が終わります。

お返しの様子は、「24胡蝶《こちょう》」の帖になって描かれました。

春らんまんの花の季節、源氏と紫の上は、中宮の女房たちを春の庭園に招待します。それも、ただの招待ではなく、春の町と秋の町でつながった池に船を浮かべ、漕ぎわたっての迎えをやります。船遊びで花盛りの庭園を鑑賞させるという、たいした趣向の凝りようでした。風流な遊びの工夫で日々を過ごす、六条院の豊かな暮らしぶりが、これでもかと映し出されています。

このとき、船上の女房たちが感動して詠んだ和歌が四首並んでいます。その中の一首は、

「春の日の　うららにさしてゆく舟は　さほのしづくも花ぞ散りける」

「花」（滝廉太郎作曲　武島羽衣作詞　１９００年）の冒頭、「春のうららの隅田川のぼりくだりの船人《ふなびと》が　櫂《かい》のしづくも花と散る」は、ここに元歌があったのでした。

紫の上は、理想的に美しい女性とされますが、六条院に転居したあたりから、紅梅と桜のイメージが強く結びつくようになりました。「22玉鬘《たまかずら》」の帖の最後には、源氏

が、六条院の女性の正月の晴れ着を選ぶシーンがあり、人々の個性がうかがえて興味深く読めます。

源氏が、数多い献上品から紫の上のために選んだのは、「紅梅の模様がくっきりと浮いた葡萄染《えびぞ》め（薄紫色）の小袿《こうちき》と、今様色《いまようしょく》（濃い紅梅色）でたいそう秀でた衣」でした。あでやかながら優美な気品が感じられます。

「28野分《のわき》」の帖では、家屋に被害がでるほどの台風の日、源氏の息子の夕霧が、開いた妻戸から紫の上の姿をのぞき見ます。

（この人が紫の上と）見まちがえようのない美しさです。気高く清らかで、さっと光が射すのを見た心地になります。春の曙《あけぼの》の霞《かすみ》のあいだに、美しい樺桜《かばざくら》が咲き誇るのを見るようでした。ぶしつけにのぞく自分の顔にも愛敬が乗り移りそうなほど、華やいだ魅力があたりを満たしています。

「19薄雲」の帖にも、紫の上が好むのは秋よりも「春のあけぼの」とあり、夕霧の印象にも「春のあけぼの」と出てきます。ただの「春」ではないところに、当時の『枕草子』の影響を感じさせるようです。

「22〜31玉鬘十帖」にある紫の上の描写は、新しく入居した若い娘、玉鬘との対比でもありました。

玉鬘のほうは、正月の晴れ着が「山吹襲《やまぶきがさね》の細長《ほそなが》と混じりけなく赤い衣」です。台風の翌日、玉鬘の姿をのぞき見た夕霧の感想も「夕映えのする八重山吹の花」でした。山吹色のような濃い黄色をこの人のイメージに重ねています。

源氏の晴れ着の選び方を見た紫の上が、直接知らない玉鬘の容姿を、「実父の頭中《とうのちゅう》将《じょう》のようなはっきりした美形で、優美さの少ないあたり」と想像するのがおもしろいです。

それから十年ほど後になり、源氏が女三の宮のために、六条院の女性を集めて「女《おんな》楽《がく》」を催したとき、紫の上はこのように描写されました。(「34若菜上下」)

紫の上は、葡萄染めと見える色の濃い小袿、薄い蘇芳《すおう》色の細長を着ていました。上衣にたゆたう髪がふっさりとゆるやかで、背丈や幅はまさに理想的な女人《にょにん》の体つきです。美しさが周囲に満ちあふれるほど魅力があり、花にたとえれば桜ですが、それ以上に抜きん出る佳人《かじん》と見えました。

源氏目線の評価であり、背丈と幅に言及しているのは、女三の宮が小柄で細く、着物だけが座っているように見えることとの比較でした。

年齢がいくつになっても、最上の美をあてがわれる紫の上です。けれども、この女楽の翌日に病に倒れ、その後は病床で過ごす人になってしまいました。

臨終の近づいた紫の上が語られます。(「39御法《みのり》」)

たいそう痩せて細くなった紫の上ですが、気品高く優美な点ではかえってまさったようです。これまであまりに美貌が華やかで、鮮やかさに目を奪われる女盛りのころは、この世の花の美しさにたとえることができましたが、今はどこまでも可憐でかわいらしく、今生《こんじょう》は仮の世とさとりきった気配です。似る人もなく心に訴えて、見ている明石中宮は悲しくなりました。

里帰りしていた明石中宮は、紫の上の最期を看取ったことを宿縁と感じます。血はつながっていなくても、育てた紫の上を母と慕い続けていたのでした。

春の花の木と紫の上は、死後にも結びつけられています。

生前、紫の上は幼い三の宮（のちの匂宮《におうみや》）を病床に呼びよせ、言ったことがありました。

「この対の前にある紅梅と桜を、花の時期には特別に愛でてやってね。機会があったら、花の枝を仏前にも供えてね」

紫の上の死後、六条院にやって来た三の宮は、「ばばが、まろにおっしゃったから」と、対の屋の紅梅を見て回るのでした。（「40幻」）

桜が咲きだすと「まろの桜が咲いたよ」と、散らさないために几帳《きちょう》で風を防ごうと言い出します。幼いころの匂宮は、本当に愛らしいのです。

とはいえ、源氏が女三の宮のもとを訪ねると、一歳下の若君（のちの薫《かおる》）と遊んで走り回り、桜守《さくらもり》のつとめは忘れてしまうのでした。このあたりも、いかにも子どもらしい描写でした。

成長した匂宮は、香りに強い関心をもつようになり、春は梅林の芳香を愛で、秋は菊や藤袴《ふじばかま》や吾木香《われもこう》の香りを愛でる若者になります。ことのほか調香に身を入れ、高価な薫香をいつも衣に焚きしめています。（「42匂宮」）

それは、薫が生まれつきの芳香をもつという、特異体質への対抗心からでしたが、幼い胸にきざんだ紫の上の花の木も、影響していると感じられてなりません。

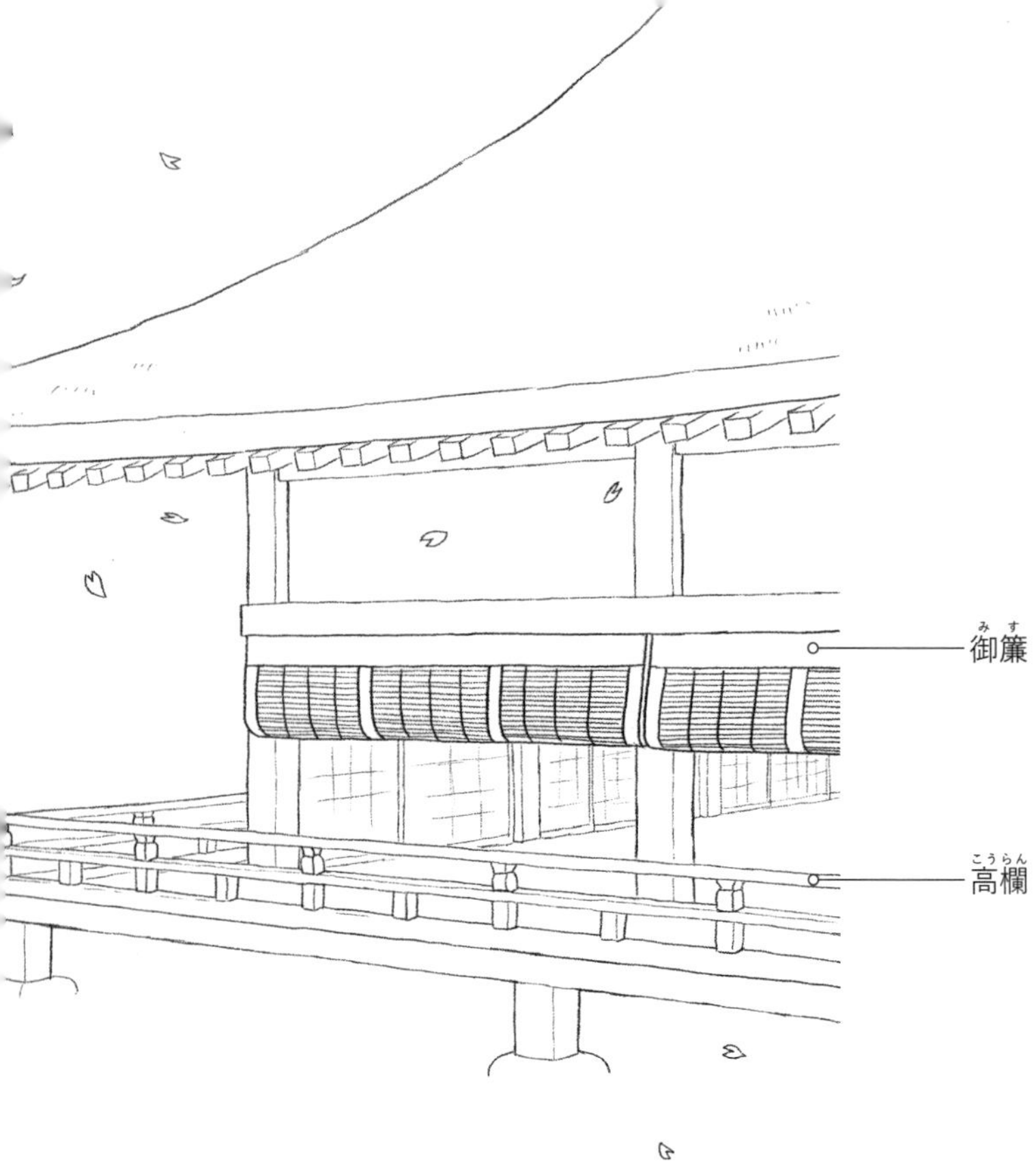

御簾
み す

高欄
こう らん

源氏ノート15

優雅な四季の邸宅3　〜花散里と初夏〜

六条院で、源氏と紫の上が住む春の町、その北側に接するのが夏の町です。そちらが花散里《はなちるさと》の住む御殿になりました。（「21少女《おとめ》」）

北東の町には、涼しげな泉があり、夏の木陰を主題にしています。御殿に近い前栽《せんざい》の呉竹《くれたけ》が下風を涼しく通し、梢の高い森のような眺めがおもしろく、山里めいています。卯《う》の花の垣根を特別にしつらえて、昔を思い出す花橘《はなたちばな》、撫子《なでしこ》、薔薇《そうび》などを植え、春秋の草木をそこに混ぜました。東側には、区を分けて馬場と馬場に付属する建物がありを厩ます。柵を立て、五月の遊びのために、水のほとりに菖蒲《しょうぶ》を茂らせて、向かい側を厩《うまや》にして最高の名馬を飼い置きました。

花散里という女性は、源氏が失脚して須磨へ去る直前、短い「11花散里」の帖《じょう》にさらりと出てきます。

世の中の逆風を感じる源氏は、父の帝《みかど》の時代が恋しくなり、麗景殿《れいけいでん》の女御《にょうご》の里屋敷を訪ねました。女御の妹君とは、彼女が宮中にいたころ、わずかに契りを結んだことがありました。

この訪問は、五月雨《さみだれ》の晴れ間の夜で、ホトトギスが鳴いています。女御の屋敷は寂れて荒れていますが、軒先の花橘が匂い立ちました。

過去をしのぶ源氏の心境といい、「古今和歌集」の夏の名歌「さつきまつ花たちばなの香をかげば　昔の人の袖の香ぞする」（よみ人しらず）を、歌物語にしたような情景です。

ここから、花散里という女性に初夏のイメージが重なります。源氏は、契りをもった女性を簡単に見捨てない性分から、生活の援助を続けていますが、恋人としてはあまりかよってきていません。

それでも花散里は、源氏のたまの訪問を、いつもすなおに喜びました。その、気の長い恋が源氏を慰めたようです。逆風の源氏から離れていく女性が多かったのです。やがて、都に帰還した源氏は、二条院の隣に二条東院を整備し、花散里のような暮らし向きの苦しい女性たちを引き取ることにしました。

本当は、娘を出産した明石の君を迎えようと東院の準備を急いだのですが、明石の君はこの招きに応じませんでした。

二条東院に移ってからの花散里は、理想的になごやかな暮らしぶりを見せます。女房や女童《めのわらわ》を礼儀正しくしつけ、源氏の訪れが少なくても恨みもせず、他人を妬まず、紫の上とも良好な関係をつくるのでした。このあたりから、源氏の第二夫人になる資格を得たのでしょう。

源氏は、息子の夕霧が十二歳で元服すると、東院に勉強部屋をつくって学問をさせます。そして、この息子の世話を花散里にたのむのでした。(「21少女」)

花散里を見知った夕霧は、ひそかに、

「顔立ちは、不器量なおかただな。こういうおかたでも、父上は見放したりなさらないのだな」

と、考えます。容姿の描写がなかった花散里ですが、見栄えの点では、源氏にふさわしく見えなかったようです。

しかし、そんな夕霧も、花散里の気立ての柔らかさには感じ入るのでした。容姿の美しさを求める自分を反省し、このような気性の女性と思い合いたいと考えました。

夕霧の母親代わりの関係は、六条院に移ってからも続き、結婚するまでの夕霧は、夏の町の御殿で寝起きします。

源氏の御所、春の町に比べれば閑静な夏の町ですが、ここには馬場があるので、夕霧が若者たちを集め、五月の行事などでにぎわいました。また、子どもができなかった花散里も、夕霧が結婚して子だくさんになってからは、彼の子どもの世話をしました。

亡き夕顔の娘玉鬘《たまかずら》は、源氏に見出されると、夏の町の御殿に入居します。花散里が寝殿で暮らす中、もとは書庫にしていた西の対に住むことになりました。

源氏が玉鬘を自分の娘として公表し、求婚者を集め出してからは、夕霧と仲のよい内大臣（かつての頭中将《とうのちゅうじょう》）の息子たちも、しげしげと訪れるようになります。「26常《とこ》夏《なつ》」の帖に、盛夏のころの情景が描かれます。

（夏の町の御殿の）西の対の庭先には、生い茂る前栽を植えません。上品な籬垣《ませがき》を結い、美しく配色した撫子《なでしこ》を、唐《から》撫子も大和《やまと》撫子も植えてありました。咲き乱れる様子が夕映えに美しく見えます。内大臣の息子たちは籬垣に立ち寄り、思いのままに摘むことのできない撫子に似た姫君を胸に描き、飽きもせずにたたずむのでした。

目隠しになる前栽を植えないのは、娘の姿をかいま見る機会があるかと、求婚者たちに気をもたせるための手段です。

のちに、夕霧が右大臣になったころ、匂宮《におうみや》や薫《かおる》の関心を娘の六の君に向けようと、「さりげなくこの姫をかいま見るよう仕向け」たとあります。六の君は、落葉の宮の養女として夏の町の御殿で暮らしたので、おそらく玉鬘の西の対の様子を踏襲したのでしょう。（「42匂宮」）

源氏が世を去った後、六条院の女性たちは散っていきました。

花散里は、源氏から二条東院を形見分けに相続し、そちらに転居します。女《おんな》三の宮は、父の朱雀院《すざくいん》が残した三条の宮へ移り、薫も三条で育ちました。

夕霧の右大臣は、父が丹精した六条院が荒れてしまうのがしのびなく、自分が維持しようと決意します。夏の町の御殿に、妻の落葉の宮を住まわせました。

通称で落葉の宮と呼ばれる、朱雀院の女二の宮は、柏木《かしわぎ》の妻だった女性です。しかし、柏木は六条院の女三の宮と密通したあげく、若くして病死してしまいます。夕霧は柏木に、あとに残す妻の支援をしてほしいとたのまれ、生真面目に一条屋敷にかようち、数少ない浮気心が芽生えるのでした。

しかし、困難を乗り越えて結ばれた幼なじみの妻、雲居雁《くもいのかり》が、そのような浮気を笑って許すはずがありません。この騒動が「38夕霧」の帖に描かれます。

堅物だった夕霧が、結婚十年にして突如浮気に走ったため、慣れていない雲居雁の逆上もひとしおでした。「得がたい夫をもった」と、実家の親兄弟に賞賛される夫婦だったのです。そう簡単に納得などできません。

夕霧夫婦のいさかいがおもしろく読めるのは、『源氏物語』において、紫の上も、花散里も、明石の君も、女三の宮も、六条院の妻たちはだれ一人、雲居雁が夕霧をなじるようには源氏をなじれなかったからです。

「なに言ってるの。そのまま死になさい、私も死ぬから。見れば憎らしい、聞けば愛敬もない、見捨てて死ぬのは気になってならない」

夫に「死ね」と言える雲居雁ですが、猛烈に怒っていても、夕霧が彼女に愛敬を感じる気持ちもわかります。完全に憎々しくはなれない人です。

とはいえ、落葉の宮との結婚が決定的になると、雲居雁は幼子を連れて実家へ帰ってしまうのでした。雲居雁の気の強さの後ろには、強力な親の家があるのがわかります。だからこそ、夕霧もあせって説得に出向くのです。思えば源氏の妻たちは、だれも彼女のように帰る家をもたなかったのでした。

夕霧と雲居雁の夫婦げんかは、離婚までは至らずにおさまったもようです。「42匂宮」の帖になると、六条院夏の町に落葉の宮を住まわせた夕霧が、三条屋敷の雲居雁と、同じ日数ずつ几帳面にかよい分けたとあります。

浮気の少なかった夕霧ですが、結婚前からの愛人、惟光《これみつ》の娘藤典侍《とうないしのすけ》とは、何人も子をつくっています。生まれた子どもは雲居雁と七人、藤典侍と五人。源氏とは打って変わっての子だくさんなのでした。

美人の評判高い六の君は、藤典侍が産んだ娘です。花散里が世話した夕霧の子も、藤典侍が産んだ男子でした。愛らしく賢かったので、源氏もこの子をかわいがったといいます。(「34若菜上下」)

落葉の宮の養女になった六の君は、やがて、匂宮と正式に結婚しました。夕霧の右大臣は、披露宴を六条院夏の町で盛大に開いています。(「49宿木《やどりぎ》」)

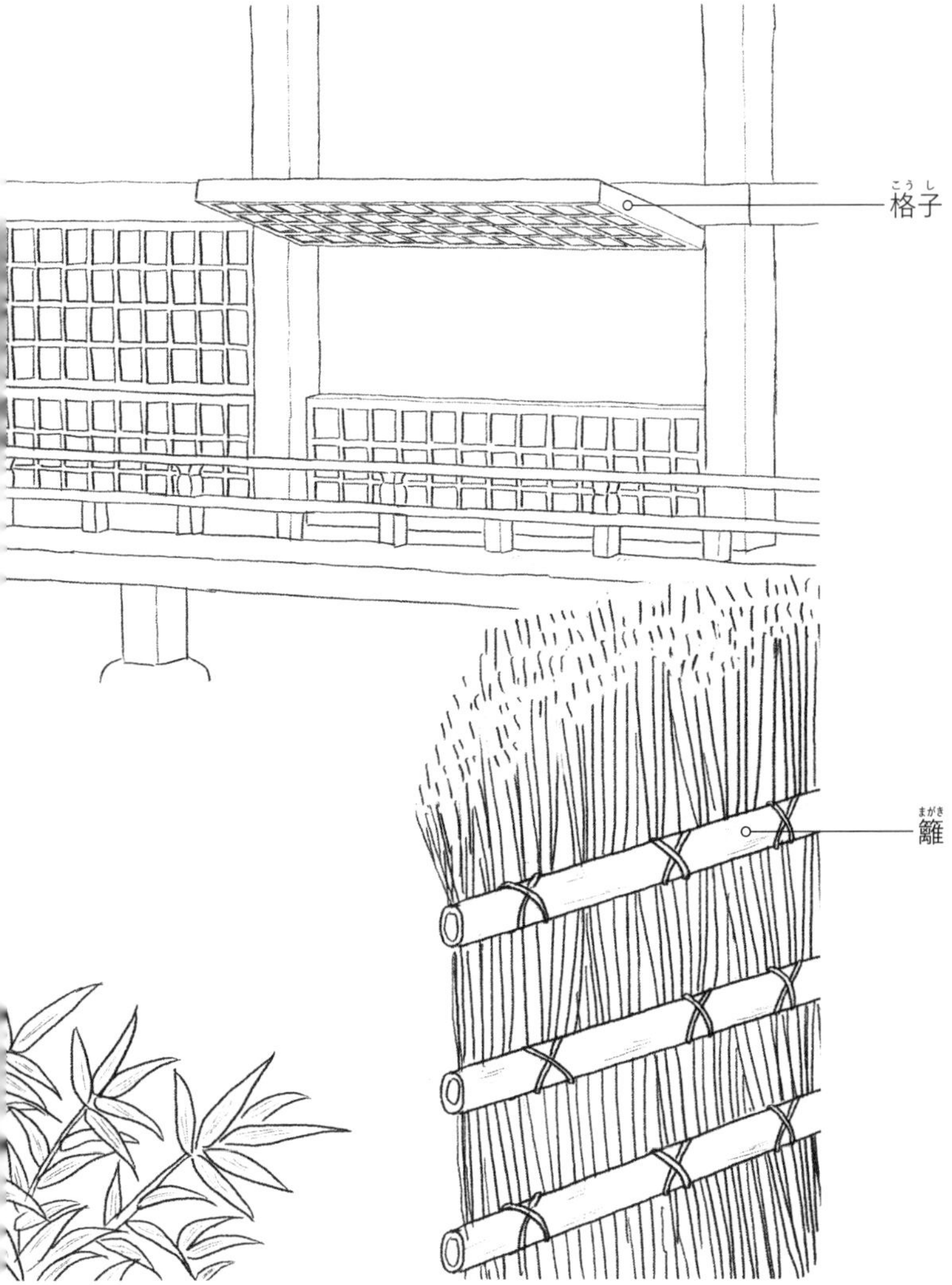

格子
こうし

籬
まがき

私の源氏ノート16

優雅な四季の邸宅4 〜明石の君の冬〜

そもそも源氏が、四町もある広大な六条院を建設した動機は、「あちらこちらに離れて暮らす妻を集めて住まわせたい」というものでした。

大堰川の別荘に淋しく住む明石の君の現状が、まずは念頭にあったでしょう。（「21 少女《おとめ》」）

秋好中宮《あきこのむちゅうぐう》の町の北に位置し、東隣が花散里《はなちるさと》の夏の町になる一角は、冬の庭園をもつ町でした。

北西の町は、北側を築地《ついじ》で分けて倉町にしていました。隔ての垣には松の木を茂らせ、雪をおいた眺めを楽しむのに適しています。冬のはじめに朝霜が降りる菊の籬《まがき》、わがもの顔に紅葉する柞原《ははそはら》の他、名の知れない深山木《みやまぎ》の茂る様子をここに移し植えていました。

明石の君が、冬を好んだかどうかは文章に出てきません。ただ、この人を描写するシーンの中、大堰川の別荘で迎えた冬の情景がたいそう印象的です。

三歳になる姫君をつれて上京しても、源氏が用意する二条東院に住んでは、都の女性たちに埋もれるだけだろうと、明石の君は苦慮します。その結果、母の祖父が建てた別荘に落ちつきました。近い川べりが明石の浦にも似かよい、松林の陰にある風流な建物ですが、淋しいところでした。(「18松風」)

源氏は、明石の君の慎重さに感心するものの、自分の娘が隠し子のように育つのを憂います。冬になったころ「姫君だけでもこちらへ」と真剣に説得をはじめました。

幼い娘の将来のためだとわかっていても、手放すつらさは限りなく、明石の君は悩み続けます。(「19薄雲」)

雪が降り積もった朝、過去未来をいつまでも思い続けて、ふだんあまり端近くに出て座ったりしない人なのに、端で汀《みぎわ》の氷などを眺めています。なよやかな白の衣を多く重ね、景色に見入っている様子は、頭の形も後ろ姿もじつに高貴に見えて、お付きの人々は、内親王とはこのような姿なのではと思うのでした。

明石の君は、源氏が「鄙《ひな》には稀《まれ》な」と驚いたほど、品よくたしなみのある女性のようです。抜きん出た美貌ではないものの、すらりとした体つきで、だれもが好ましい気品をそなえています。初めての逢瀬のとき、源氏が「歌を返すほのかな気配が、六条の御息所《みやすどころ》とどこか似ている」と感じたくらいです。

明石の君の和歌も筆跡も、上流の姫君に劣らないレベルでした。加えて琵琶《びわ》の名手でもありますが、奥ゆかしく簡単には演奏を聞かせません。(「13明石」)

そして、聡明な気質だけに、自分が地方育ちの前国司の娘でしかないのを知り抜いていました。父親の明石入道《にゅうどう》は、手段を尽くして娘を源氏に縁づけましたが、このような貴人と結ばれても、あとで悲しむだけだと考えます。それも、正しい予測ではありました。

須磨、明石にいたころの源氏は、都に残した紫の上のことばかり考えていました。明石の君との逢瀬の直後も、まずは紫の上を思いやります。

「あの子も、このごろではよその女人《にょにん》の話を聞き漏らさず、しっかり恨み言を言うようになっていたのに」

幼く無邪気だった紫の上も、すでに十九、二十歳になっています。源氏の失脚の原因になった朧月夜《おぼろづきよ》との情事なども、しっかり気にしていたのでしょう。

加えて、供人《ともびと》の良清《よしきよ》への気がねもありました。「5若紫」の帖で、源氏に明石入道の娘の話をしたのは彼です。この若者が入道の娘に求婚していたことは、仲間うちでは周知の事実でした。

そのため、源氏は人目にたつのを避け続け、明石の君のいる高台の別宅へ熱心に通いません。「やはり、こんなことになった」と、明石の君を悲しませるのでした。

けれども、都に帰還せよと帝《みかど》の宣旨《せんじ》が下るころ、明石の君の妊娠が明らかになります。がぜん明石の君がいとしくなった源氏は、別れのつらさに苦しみますが、自業自得というものでした。

都で再会した紫の上は、明石の君の話を聞かされると、当然ながら機嫌を悪くします。離れて暮らすあいだ、自分はこれ以上ないほど一心に嘆き抜いたのに、源氏は他の女に心を分け与えていた、と考えるのです。

おっとりした性格の紫の上が、明石の君にだけは嫉妬して、なかなか許せなくなるのでした。(「14澪標《みおつくし》」)

明石の君は、まわりが見えすぎるほど見えている女性です。

源氏が姫君を引き取った後は、母の尼と二人だけの暮らしになり、大堰川のほとりは淋しさも極まったのですが、二条東院に移り住もうとしません。

「見慣れるほどひんぱんに顔を合わせたら、そのうち侮られることも出てくるだろう、たまの訪問を迎えるからこそ、この自分にも価値が生まれる」と、鋭く分析しているのです。都の女性と競い合おうとしないのは、明石の君の戦略でもありました。

六条院への移転の折にも、その配慮がうかがえます。源氏や紫の上や花散里が八月に転居を終え、数日後に秋好中宮が新造の御殿へ里帰りしても、明石の君は動きません。人々がすっかり新居になじんだ十月になって、なるべく目立たないように入居しました。

徹底して謙虚に控えることで身を守る人であり、奥まった冬の町の御殿も似つかわしいかもしれません。ただ、春の町の御殿で自分の娘が育っているのに、同じ六条院にいながら会うことのできない立場が、なんとも気の毒でした。

やがて、謙虚で通した明石の君の忍従が、大きく報われる日がやってきます。明石の姫君が春宮女御《とうぐうにょうご》として入内《じゅだい》すると、後宮のお世話役を任されたのです。紫の上とも初めて対面し、和解して言葉を交わすことができました。(「33藤裏葉」)

姫君を見れば、まるで美しいひな人形のようです。こうして会えたことが夢のようで、うれし涙が止まらず、別れの日に流した悲しい涙と同じ涙とも思えませんでした。

長年あれこれと思い嘆き、どの方面にも不幸だと悲観した命も、今では長生きしたくなり、晴れ晴れと、これこそが住吉明神のご加護だったと思い至るのでした。

そののち、明石の姫君が出産の里帰りをした折には、お世話役の明石の君もいっしょに春の町の御殿に入りました。もう、日陰の身ではないのでした。

しかし、姫君の体調がおもわしくなかったため、場所を変えて安静を保とうと、冬の町へ移すことにしました。このとき、冬の町の御殿は、ただ大きな対の屋を二つ、廊をめぐらせて立っていると説明してあります。寝殿をもたない建物なのです。(「34若菜上下」)

源氏と紫の上の春の御殿は、大きな寝殿造りの上、二の対、三の対まで立ち並び、そこに女房の曹司《ぞうし》町があるはずなので、スケールがだいぶ異なるのでした。

源氏が、女三《おんな》の宮の琴のリハーサルのために開いた、「女楽《おんながく》」の情景では、明石の君がこのように描かれます。

華やかな人々に交じっては、明石の君は影を消されそうですが、なかなかそうはなりません。居ずまいはよく整って気高く美しく、奥ゆかしさの限りで上品で優美です。柳襲《やなぎがさね》の織物の細長《ほそなが》に、萌黄《もえぎ》と思われる小袿《こうちき》を着た上、羅《うすもの》の裳《も》を形ばかり腰につけることで、女房の一人のように卑下して列席しています。それでも、当人の容姿も人々の尊敬からも、けっしてお付きには見えない女人《にょにん》でした。

高麗《こま》の青地の錦《にしき》を端かがりにした座の敷物に、まともに座ろうとせずに琵琶を据え、おつきあい程度に音を鳴らしています。しかし、たおやかで巧みな撥《ばち》の使い方は、存分に音色を聞くよりも貴重なものに聞こえます。たとえるなら五月《さつき》を待つ花橘《はなたちばな》で、花も実もある枝を手折った香りのようでした。

こういう場に花散里は出てこないので、花橘を連想する役が明石の君に回ってくるようです。桜（紫の上）や藤（明石の姫君）の花の彩りに消されない、質の異なる存在感をしめすのでしょう。

築地塀《ついじべい》

源氏ノート17

若い女の出家　～宇治十帖のくり返し～

源氏が死去した後の長編「宇治十帖」（「45橋姫《はしひめ》」～「54夢浮橋《ゆめのうきはし》」）は、なぜ、あるのでしょう。蛇足とは見えない独自の秀逸さをもちながらも、なぜ、と考え出すと不思議です。

世代が変わり、主要人物は一新してあるので、どんな展開の物語になってもいいはずです。なのに、源氏の生涯で見かけた要素を、いろいろな面で入念にくり返しています。オマージュに見えるほどです。

代表的なのは、恋する女性の「似姿」を求める展開でしょう。そして、中心人物の隣に女好きな親友を配し、恋のライバルにするところも似ています。若い女性が出家をとげるところも似ています。

宇治の姉妹の登場は、もともと「6末摘花《すえつむはな》」の帖と同じ、「人知れぬ寂れた場所に、思いもよらず美しく若い女が隠れ住んでいた」という、物語定番の設定を利用していました。さらに、お目当ての女性が寝床から逃げ出し、別の女性と朝まで過ごす「3空蟬《うつせみ》」と同じエピソードがあり、寂れた宇治院で魔物めいた女を見る「4夕顔」を思わせるエピソードがあります。

「宇治十帖」が再度取り上げたことによって『源氏物語』全体の比重が変わり、その要素が強調されるようにも見えます。

「53手習《てならい》」の帖の浮舟《うきふね》の出家は、「35柏木《かしわぎ》」の帖にあった女三《おんな》の宮の出家を思い返さずにいられません。どちらも二十代前半の若い女性が、男性との関わりを絶つ手段として出家を望むのです。

『源氏物語』では、藤壺の宮も早くに出家し、源氏の求愛から逃れますが、弘徽殿《こきでん》の大后《おおきさき》の敵意をそらすという、政治的意味あいもありました。それに、桐壺院《きりつぼいん》の一周忌後のことであり、夫の菩提《ぼだい》を弔うために出家することは当たり前にあるようです。

柏木との密通によって女三の宮が懐妊したころ、源氏は、二条院で病にふせった紫の上の看病にかかりきりでした。六条院にはたまに帰る程度でしたが、女三の宮が置き忘れた柏木の恋文を発見したことで、二人の情事を察します。

女三の宮にとって源氏は、夫であると同時に父親代わりで師匠でした。実際、父の朱雀院《すざくいん》とわずかしか年が離れていません。彼女は、忍び入った柏木と何度か密通を重ねても、愛情は育たず、子どものように源氏を敬い恐れていました。

望まない出産は難産でした。長時間の苦痛と恐怖を経験した女三の宮は、わが身が厭わしくなります。さらに、源氏が赤子の顔を見ようともしないことに気づき、尼になりたいと思い始めました。

情緒が未熟な女三の宮ですが、源氏の愛情の薄さには、さすがに気づいていたのです。今回の不義で、源氏の態度はこれから冷える一方だとさとります。産後の体が弱るままに出家を願い出ますが、源氏は一顧だにしません。危篤になった紫の上が出家を願ってさえ許さずにいたのです。「出産くらいで」とつき放します。

けれども、ここに父の朱雀院が登場するのでした。

朱雀院が女三の宮を溺愛したことが、「34若菜上下」からの不幸の発端でした。降嫁《こうか》先にわざわざ源氏を選んだこともですが、出家者は俗世のしがらみを捨てるものなのに、いつまでも女三の宮を心配し続けたのが災いとなりました。源氏が女三の宮の琴の指導に専念するはめになり、傷心を隠し続けた紫の上が病に倒れました。今また朱雀院は、女三の宮が衰弱したと聞き知るといてもたってもいられず、忍んで六条院を訪ねます。そして、娘が出家したがっていると知ると、その場で女三の宮の髪を下ろさせるのでした。

発端は朱雀院であり、決着も朱雀院であるところに、物語の妙を感じます。

思えば、何ごとも受け身で通し、周囲の思惑に流されるだけだった女三の宮が、初めて自分の意志で行ったことが、この出家でした。

そのあたりが、女三の宮と浮舟はよく似ています。

女三の宮は感情の幼い人なので、出産後の絶望は描かれても、早世した柏木への気持ちや、不義の罪悪感や、生まれた子どもを愛したか愛さなかったかは、あまりはっきりしません。語り手がこの人の内面に踏み入らないのです。

一方で、源氏の未練がましい態度はずいぶんよく描かれています。手の届かない女性になったとたんに関心が向くのが、源氏のもつ性癖なのでしょう。

「宇治十帖」の浮舟も、母親の言いなりで過ごすところや、されるままに薫《かおる》に囲われ、あげくは匂宮《におうみや》に手を出されるところなど、自分の意志を発揮できない娘に見えます。

けれども、この人の場合は感情が幼いのではなく、身分の低さと東国育ちの引け目が先に立ち、薫たちの前で思うように自己主張ができないのでした。

初めて浮舟を差し向かいで見た中の君《なかのきみ》は、この娘の顔立ちが、亡き大君《おおいきみ》そっくりなのに感嘆しながらも考えます。(「50東屋《あずまや》」)

「姉上は、この上なく上品で気高いおかたでありながら、優しく柔和で、極端なほどなよなよとか弱い風情がおありだった。この人は物腰が初々しく、何でも遠慮して恥じているせいか、他人を魅了する優美さでは劣るようだ。でも、これで深みのある態度がそなわったら、大将(薫)どのがご覧になってもどこも見苦しくないだろう」

浮舟の母親が後妻として結婚したころ、夫は陸奥守《むつのかみ》だったといいます。その次に常陸介《ひたちのすけ》になったので、浮舟は、多くの年月を東国で育ったのです。この常陸介は、琴を弾くより弓を引いて上等というタイプですから、浮舟も琴や和歌などの、都の上流育ちが当然とする教養の面で劣ります。

薫という男がまた、浮舟の劣等感をあおる行動をとるのでした。彼は亡き大君の「人形《ひとがた》」を宇治に置いたのであり、宇治の屋敷を訪ねて浮舟を目にするたび、気高く優美だった大君を偲んでいるのです。

だからこそ、浮舟の心は、匂宮の介入によって揺らぐのでした。不当な手出しで逢瀬をもった匂宮ですが、彼は浮舟その人を全力で愛します。自分の妻二人、中の君と右大臣の六の君よりもさらに魅力的な女性だと、熱中しているあいだは本気で思える男なのです。(「51浮舟」)

浮舟は、情熱的な匂宮を恋しく思いますが、異母姉の中の君を思えば、彼を選ぶことはできませんでした。それに、将来的な信頼がおけるのは、匂宮ではなく薫でした。

けれども、薫はこのとき、浮舟の不実を知っているとほのめかす和歌を送ってきます。どちらの男も選べず、だれにも相談できないまま、宇治川に身を投げる決意をするのでした。

刻々と自殺に追いつめられていく浮舟が入念に描かれ、『源氏物語』で最大にドラマチックな部分といえます。英訳したイギリスの東洋学者アーサー・ウェイリー（1889～1966）が、「宇治十帖」後半を、近代小説のレベルで評価できると考えたのもおかしくはないのです。

浮舟の女房や母親は、彼女が入水して死んだと信じました。悲しみながら遺体のない葬儀を行います。

薫も匂宮も、急死の知らせに衝撃を受けました。四十九日の法要の盛大さは、近隣の住人が驚くほどのものになりました。（「52蜻蛉《かげろう》」）

ところが、当の浮舟は、入水する前に横川《よかわ》の僧都《そうず》に助けられていたのです。もののけに憑《つ》かれて死線をさまよいますが、僧都の妹の尼君に介抱されて生きのびました。弱った体が回復すると、過去の記憶もよみがえりました。

その後は、比叡山ふもとにある尼君の家で世話になっていましたが、そこにも求婚者が現れます。尼君たちが結婚を望むのを知った浮舟は、横川の僧都に出家を願い出るのでした。(「53手習《てならい》」)

『源氏物語』の中で出家した女性は多くても、浮舟が出家するにあたり、髪を下ろす儀式のこまごました部分が初めて語られ、その描写の差を印象深く感じます。

浮舟が、切った髪をのせるための櫛箱《くしばこ》の蓋《ふた》を差し出していたり、髪を切る僧都の弟子に顔を見られないよう、几帳《きちょう》のかたびら越しに髪を出していたり。

儀式の中で、自分の生みの親のいる方角を拝む必要があったり、身なりを僧衣に替える必要があるので、ここでは横川の僧都が、まにあわせに自分の袈裟《けさ》を浮舟に着せかけてやっていたり。

浮舟は、望み通りに出家すると心が軽くなり、この決断をわずかも後悔しませんでした。薫にも匂宮にも、二度と会うつもりはありません。

とはいえ、薫は、浮舟が生きていたことや居場所をつきとめます。浮舟は会おうとしませんが、この先どうなるかわからない要素をふくませ、物語はいきなり途絶えます。（「54夢浮橋」）

「この続きを書ける人がいるなら、書いてもいいよ」と、言わんばかりなのでした。

源氏ノート18

父の帝の愛情　～源氏の罪のゆくえ～

「9葵《あおい》」の帖《じょう》で、源氏と六条の御息所《みやすどころ》の恋仲がうわさで広まるのを知った父の帝《みかど》は、息子を叱責し、訓戒しました。

「相手に恥を負わせることをせず、だれもが心穏やかでいられるように努め、女人《にょにん》から恨みを買わないようにしなさい」

このあと、六条の御息所が生き霊《りょう》になり、源氏の正妻葵の上を死なせるので、帝の訓戒は先見の明といえます。ただし、父の説教中、拝聴する源氏のほうでは、この上藤壺の宮との密通が知れたらどうなるかと考えて、そちらで肝を冷やすのでした。

生き霊が葵の上をさいなむシーンは、能楽の演目「葵上」が有名で、よく知られています。

古今東西、怪談に登場するのは亡霊が主で、生き霊の跳梁《ちょうりょう》はめずらしい部類でしょう。源氏が病床の葵の上の手を取って嘆くと、葵の上が、急に六条の御息所の口調で語りだし、和歌を詠みかけます。驚いた源氏が「この世にはこういう事象があったのか」と考える一文があり、1000年以上前の創作でありながら、描写の秀逸さを感じます。

自宅でわれに返った御息所が、体に修験者の焚く芥子《けし》の匂いがしみついているのを感じ、着替えても髪を洗っても匂いが取れないというところも、うすら寒い臨場感があります。

『源氏物語』は、おおむね超常現象にたよらずに物語を構築してありますが、一部にはこうして出てきます。そして、超常現象がストーリー上で重要だったのは、この御息所の生き霊よりも、須磨の土地で源氏の夢に出てきた、父の帝の亡霊だったといえます。

須磨の浜辺で、三月の禊《みそ》ぎを行った直後から、源氏たちは異常気象といえる連日の大嵐にみまわれました。源氏の住まいは浜より奥地でしたが、そこまでも高潮が届きそうになり、さらに落雷の直撃があって廊が焼け落ちます。

大嵐になってから、源氏は、異様な姿の使者が「お呼びだ」と自分を探す夢を何度も見るようになり、海竜王に目をつけられたのかと気味悪く思うのでした。原文に使者の描写がないのが残念です。半魚人のようなものを想像します。

落雷の被災で、裏手の飯炊き小屋に避難した源氏は、下仕えの雑多な人々とともに夜を過ごしました。このときが、源氏にとって前半生のどん底でしょう。異様な使者の夢も、彼のメンタルが弱ったしるしといえます。

そんなところへ、亡き父の帝が現れるのでした。

「そなたのこれは、ただいささかの報《むく》いなのだ。私は在位のとき、過ちを犯しはしなかったが、知らなかった罪もあるようで、その罪滅ぼしに忙しく、しばらくこの世をかえりみなかった。けれども、そなたが愁いに沈むのを知って、こらえきれずに海に入り、渚を上ってきたのだよ。ずいぶん疲れたが、このついでに内裏《だいり》にもの申すことにして、都に急ぎ上るつもりだ」

源氏がはっとして見上げると、嵐のおさまった空に月が輝くだけでした。夢とは思えず、父の気配がまだそこにあると感じます。

そして、このときの言葉どおり、都の内裏でも、源氏の兄の帝が父の夢を見ていました。怒りもあらわににらみ、多くのことを告げたといいます。もともと兄の帝には、源氏を政務に重用しろという、父の遺言をたがえた後ろめたさがありました。夢で父と目を合わせてから、眼病をわずらって苦しむようになります。

源氏が都に復帰するきっかけは、この帝の夢見にありました。一方で明石入道《にゅうどう》が、夢のお告げによって須磨へ源氏を迎えにきて、どん底の運気が上がり始めます。

父の帝には十人ほど男御子がいましたが、とりわけ源氏を愛したゆえ、死後にも助けにきたといえます。源氏も父を慕い、崩御の折にはだれよりも打ちのめされました。

それは、後ろ楯の面からでもありました。兄の帝が即位すると、その母の弘徽殿《こきでん》の大后《おおきさき》と祖父の右大臣が権力を握ったからです。父の帝が上皇として君臨する間は、まだしも源氏や藤壺の宮、春宮《とうぐう》（皇太子）になった若宮の盾になってくれましたが、亡くなってしまえば、弘徽殿の大后の意向を阻止するものは何もありません。（「10賢木」）

そもそも、源氏を臣籍に下ろす決断をするとき、父の帝は考えていました。（「1桐壺」）

「この子を、位のない親王で外戚の後ろ楯もないという、浮き草のような身にはするまい。私の治世もいつどうなるかわからないのだ。それならばいっそ、皇族に加えず、臣下としてゆくゆくは朝廷の重鎮となるほうが、末たのもしいというものだろう」

逆に言うなら、強い外戚をもつことが皇族としての強者なのです。位についてさえ、親王にあるのはお飾りの長官職です。大臣となって実権をもつ立場にはなれません。

父の帝は、源氏が当人の能力で成り上がれるよう臣籍を与えたのでした。けれども、その後も源氏を愛するあまり、春宮にできなかったことを後悔し続けました。

帝の偏ったかわいがりようが、弘徽殿の大后の勘にさわったことは確かです。藤壺の宮への偏愛も同様です。皮肉なことに、桐壺帝が二人に深く愛情をそそいだからこそ、死後に彼らの強敵を残したのでした。

外戚の勢力のない弱さは、藤壺の宮にもありました。父方も母方も皇族だったからです。桐壺帝は、これをおぎなうために彼女を中宮に抜擢したのですが、当然ながら弘徽殿の大后に憎まれました。

桐壺帝の没後、藤壺の宮は、中宮の地位を返上するためにも出家を考えるようになります。しかし、出家してしまえば、春宮として内裏にいる自分の息子の支えになれず、それどころか、弘徽殿の大后をはばかって内裏に近づくこともできません。

春宮の後ろ楯として期待できるのは、大将の源氏だけですが、その源氏が捨てばちになり、朧月夜《おぼろづきよ》と不祥事を起こして都を去ってしまうのだから、藤壺の宮の心労も絶えなかったでしょう。

それにしても、桐壺帝は、源氏と藤壺の宮のあいだに生まれた息子を、本当に一度も疑うことがなかったのでしょうか。

須磨に現れた亡霊は、源氏に「いささかの報いなのだ」と言い、在位のときには知らなかった自分の罪もあったと言います。源氏の密通を見過ごしたことをほのめかしているようでもあります。というか、源氏にはそう聞こえるだろうと思えます。

自分を一番に愛してくれる父を心から慕いながら、一方で父の最愛の后を寝取るという、どう見てもアンバランスな感情を、源氏はいったいどのように処理したのかと、不思議な気がします。

「34若菜上下」の帖で、女三《おんな》の宮と柏木《かしわぎ》の密通を知った源氏は、そのとき初めて思い知るのでした。

「故院もこのように、私と藤壺の宮の過ちに実はお気づきだったのではないだろうか。それを、知らないふうに装っておられたのでは。

思えば、あのときの密通こそ、何よりも恐ろしく大それた過ちだった」

そして「35柏木」の帖で、女三の宮が産み落とした赤子が男児と知ると、源氏は心密かに思います。

「これは、私が一生恐れ続ける秘め事が呼び寄せた、因果応報なのだろうか。現世で思いがけない報復を受けていれば、来世の罪が少しは軽くなるだろうか」

「34若菜上下」の帖からの、源氏晩年の物語が目ざすテーマは、とりわけこの因果応報なのだろうと思えてなりません。「33藤裏葉」の大団円で、すべてがめでたく終わってしまっては、源氏が自分の父親に対して犯した罪が、なしくずしに消えてしまうからです。

源氏ノート19

源氏の出家願望　～紫の上との対比～

北山の寺の庵《いおり》で、藤壺の宮によく似た少女を見かけた源氏は、庵主の僧都《そうず》と対面します。そして、僧都が来世のあり方を語るのを聞きながら、胸の内で密かに、わが身の罪深さを恐ろしく思うのでした。(「5若紫」)

「私は、無分別な恋に夢中になったあげく、生きる限りこの件で悩み苦しむ身であるらしい。まして来世の私は、今生《こんじょう》の報いでどれほどの苦しみを味わうだろう」

出家して罪障を滅したいと考えるのですが、そのそばから、今日見かけた少女の面影が気にかかるのでした。

源氏十八歳、出家願望の初出です。年代順に読んでいくと、この部分は「4夕顔」

の帖で夕顔が急死した直後なので、私は最初のころ、夕顔を死なせた罪悪感で源氏が恐れるのかと思っていました。しかし、「5若紫」の帖を読み進めると、源氏がこのときすでに藤壺の宮との情事に及んでいたのがわかります。

このののち、六条の御息所《みやすどころ》の生き霊《りょう》を見てしまった源氏は、葵《あおい》の上の喪中に、男女の愛執が厭わしくなりました。（「9葵」）

色恋を遠ざけたくなった源氏の君は、若君（のちの夕霧）がいなかったら出家したかったと考えるのでした。ただ、紫の上が西の対で淋しく過ごしていることは、その間も折にふれて心に浮かびました。

四十九日の法要を終えるまで、源氏は左大臣邸に籠もって供養に専念します。けれども、久々に二条院へもどってみると、紫の上が美しく成長していました。まもなく結婚するので、実際は出家どころの話ではありません。源氏二十二歳、紫の上は十四歳ごろでした。

次に源氏が出家を願うのは、藤壺の宮が、法華八講の最終日に突然髪を下ろしたときです。（「10賢木《さかき》」）

父の帝《みかど》の一周忌後であり、源氏の周囲にはかつてない逆風が吹いていました。その上、恋い慕う藤壺の宮が、二度と触れることのできない場所へ去ってしまったのです。

自分も世を捨てたいと願うものの、春宮《とうぐう》（藤壺の宮の息子）の行く末が気がかりです。母を中宮にして後ろ楯にしようと、院（父の帝）が特別に配慮したことだったのに、世の中をはかなんで出家すれば、中宮の地位も失います。自分までも見捨てては、と、一睡もせずに悩み続けるのでした。

そののち、源氏は官位を失って須磨と明石を流浪し、三年を経て都に復帰します。ほどなく兄の帝の譲位があり、十一歳になった春宮が即位すると、源氏は二十九歳にして内大臣になりました。見事な返り咲きでした。（「14澪標《みおつくし》」）

今や国政のほとんどは、源氏と太政大臣《だいじょう》（亡き葵の上の父親）の意のままです。その中にあっても源氏本人は、他人に明かせない息子の帝がもう少し大人になったら、自分は出家したいと考えます。そのため、嵯峨野に仏の御堂を建設し始めました。ただし、かつて占い師が告げた「子どもは三人生まれ、帝、后《きさき》、太政大臣になる」という予言の実現が見たいので、急いで出家することはできないのでした。

藤壺の宮が死去すると、源氏は政務を離れ、広大な六条院に妻たちを集めて暮らします。四十賀が行われるころ、帝から准《じゅん》太《だ》上《じょう》天皇の地位を授与されました。同じころ、朱雀院《すざくいん》の女《おんな》三の宮の降嫁《こうか》があり、源氏はこれを了承したため、しばらく出家するわけにはいかなくなります。

あるとき、紫の上は源氏に願い出ました。(「34若菜上下」)

「今はもう、こうした仮の世に住まず、仏道に専念したいものです。この私も、俗世はこのようなものと見切った気のする年齢になりました。出家をお許しいただけないでしょうか」

しかし、源氏は取り合いませんでした。

「とんでもなく冷たい言葉だよ。今まで私自身が深く志《こころざ》しながら、あなたが後に残って淋しい思いをし、同じ場所で暮らせなくなるのが心配だからこそ、俗世に留まっているというのに。私がこの本懐を遂げたなら、そのときに自分の出家を考えてほしい」

人生の節目ごとに出家を考えた源氏なので、そう言いたいのもわからなくはありません。けれども、源氏の出家願望に切実さが足りないのも事実です。朱雀院が出家すると、僧衣姿の兄を見て「後れを取った」と涙する源氏ですが、その後の行動は、俗世に残された朧月夜《おぼろづきよ》とよりをもどすことに熱中するというありさまです。

女三の宮との結婚の失敗を早々にさとった源氏は、紫の上が妻同士の関係を築く努力をするあいだ、その場に居づらくなるのか、朧月夜との浮気に走るのでした。

源氏には、まずい立場から目をふさぐ方法がたくさんあります。しかし、紫の上には逃げ場がありません。紫の上が「俗世はこのようなものと見切った」と言い出すのは、「夫婦愛は永続しないものと見切った」という意味ですが、彼女はそれをあからさまには口にしませんでした。

年明けに行った「女楽《おんながく》」の合奏の翌日、紫の上は再び出家を願い出ます。三十七歳、女の厄年になった紫の上です。藤壺の宮が亡くなったのもこの年です。けれども、源氏は耳を貸しません。あれこれと彼女をなだめすかし、女三の宮の御座所へ出かけてしまいます。

このとき源氏は、紫の上を説得しようと語り聞かせます。自分はこうして名声や身分を得ているが、そのぶん人並みはずれての悲嘆や苦悩も多かった。あなたの場合は、須磨明石の別離の期間を除き、憂愁に心を悩ますばかりということはなかった、と。さらに言います。

「たとえ中宮の地位につこうと、ましてそれより下の妃《きさき》であれば、後宮の女人たちも苦悩が尽きないものだ。宮中の交わりに気を尖らせ、絶えず競争する心労を強いられて、親の屋敷で深窓に暮らすように呑気《のんき》にはできない。その点あなたは、他人に勝る幸運の持ち主だと思わないか。

予想外に朱雀院の姫宮が入ってきたことは、いくらか不愉快かもしれないが、そのせいで、私のあなたへの愛情がますます募っていることに、本人だから気づかないかもしれないね」

紫の上にとって、源氏の無理解をさとる決定打になったのはこの言葉でしょう。苦労知らずの女と評価されたのですから。

源氏が女三の宮のもとで過ごすこの夜、紫の上はもの思いにふけります。

「私はどうして、変に浮いたままいつまでも過ごしているのだろう。源氏の君がおっしゃったように、人より幸運な宿命もありながら、だれだろうとつらくて耐えられない満たされぬ思いを抱えて、このまま一生を終えるのだろうか。なんと味気ない」

紫の上が発病したのはその夜更けでした。心の負担をついに隠しきれなくなり、体に出たのだといえるでしょう。

これ以後は、源氏が関係をもった女性がつぎつぎと出家していきます。出産した女三の宮が若くして出家し、朧月夜も同じころに出家をとげました。朝顔の姫君もすでに仏門に入っているといいます。

紫の上が衰弱して回復の望みが薄くなったころ、彼女はまだ出家を願い続けていました。源氏も、紫の上を出家させてやり、自分もいっしょに出家しようかと迷います。けれども、どうしても踏み切れないのでした。(「39御法《みのり》」)

同じ山に入山しても峰を隔てて住み、簡単に様子を見ることもできなくなります。これほど頼りなく病気がちな紫の上なのに、死に目にも遭わずに終わらせられないと考えるのでした。

紫の上も、源氏が許さなくては、自分の一存で出家するのは体裁が悪く、できないと考えています。最後まで気くばりの人なのです。

しかし、気くばりだけの問題ではなく、源氏の意向なしには何もできないのが紫の上の現状だからでしょう。源氏が与えるものしか持っていない、「私にあるのは、源氏の君ただお一人の愛情だけ」という身だからです。

女三の宮にも、朧月夜にも、朝顔の姫君にも、望めば出家できるだけの経済力や人脈がありました。

六条院の栄華の中心を占め、だれよりも輝いた紫の上だったのに、そうした方面ではどの女性よりも貧しかったのです。

源氏ノート20

若い源氏の美と笑い　～「青海波」の妙～

絶世の美女は、なかなかイメージしにくいものです。白楽天の「長恨歌」を読んでも、楊貴妃の絶世の美しさはあまり明確に浮かんできません。

絶世の美男も同じでしょうが、若い源氏の美しさをこれでもかと描く方法として、「7紅葉賀《もみじのが》」の帖《じょう》は、かなり上手だったと思っています。

帝《みかど》の朱雀院《すざくいん》への行幸に際し、宴会の舞楽に、内裏《だいり》の臣下や親王がみずから舞人や楽人をつとめるという、この時代の風雅はさすがでした。源氏と頭中将《とうのちゅうじょう》は、二人舞「青《せい》海波《がいは》」を披露することにします。

この行幸前後は、「6末摘花《すえつむはな》」の帖と時間が重なっています。そちらの帖で、八月二十日あまりのころに、源氏は頭中将から「行幸の舞楽は、今日中に楽人と舞人を選定する」と聞かされています。

行幸は十月十日あまりの日程です。それまでの期間、抜擢された人々は、舞の師匠を屋敷に呼びよせて連日稽古に励んだといいます。官僚の実務などそっちのけに見えます。

帝は、この興味深い舞楽を、朱雀院へ行けない後宮の女性たちにも見せてやろうと考え、特別に内裏で試楽を行いました。夕暮れになるころ「青海波」の番がきます。

二人の舞人が、そろえて舞う足踏み、そろえて向けた顔の表情、人々が見たこともないすばらしさでした。

途中に入る吟詠で、源氏の君が吟じると、極楽にさえずる迦陵頻伽《かりょうびんが》の声かと聞こえます。帝は感動して涙をぬぐい、高官や親王たちもみな泣きました。

吟詠を終え、源氏の君が袖を打ち返すと、待ちかまえた楽団がひときわ賑やかに吹奏します。映えある中に君の顔色が冴えて輝き、いつも以上に光君《ひかるきみ》と見えました。

源氏は、御簾《みす》の陰に藤壺の宮がいることを意識して舞っています。そして、「青海波」が真に見事だったため、源氏の手紙に返事をしなくなっていた藤壺の宮も、このときばかりは返歌を送ったのでした。

父の帝は、「青海波」が突出していたことを上機嫌で藤壺の宮に語り、頭中将の舞も褒めてから、「試楽でこれほど盛り上がっては、当日の紅葉の陰がつまらなくなるかとも思ったが」と言います。たしかに、ここまで褒めちぎった後で、二番煎じになりそうな本番をどう描くのかと、密かに案じてしまいます。

けれども、心配は無用で、さらにすばらしいのでした。

吹きたてる音色にふさわしい松風が、本物の深山《みやま》おろしのように吹き寄せます。色さまざまに散り乱れる木の葉の中、「青海波」の二人が輝かしく進み出る姿は、空恐ろしくさえ見えました。

その日、源氏の君が冠に挿した紅葉の枝は、散り透いて顔の美しさに見劣りしたので、左大将が御前の菊花を折り、さし替えてやっています。日の暮れかかるころ、ごくわずかに時雨《しぐれ》が降りそそぎ、天までが舞に感応しているようでした。美麗な舞装束、霜に移ろう色々の菊をかざした源氏の君が、試楽の日とはまた異なる入神の舞を披露します。退場ぎわの舞い返しなど、見る者の背筋が寒くなり、この世の光景とも思えませんでした。

空恐ろしくなる、背筋が寒くなる、この世の光景とも思えない――という、極限の美を感じた人々の表現が興味深いです。1000年以上の時を隔てていても、たやすく共感できる気がします。

この舞台が、源氏一人ではなく二人舞なのも、情景として秀逸でした。頭中将は、地の文で「花咲く桜のかたわらの深山木《みやまぎ》」と語られてしまいますが、それでも宮中でただ一人、源氏と並ぶことが可能な美男子なのでしょう。背格好もおそらく同じくらいだと思われます。

「青海波」が人々を感動させたことの報奨に、その日のうちに彼らの位階昇進が決まったそうなので、この時代の廷臣の評価基準もおもしろいです。

このときの「青海波」は語りぐさとして、あとあとまで『源氏物語』に出てきます。「33藤裏葉」の大団円では、太政大臣《だいじょう》になった頭中将に、源氏は菊の花をわたし、「青海波」の昔を懐かしむ和歌を詠みました。

するといつでも競争心を失わなかった頭中将が、准太上天皇《じゅんだじょう》の位に上った源氏には、もう、昔のように肩を並べることはできないと、初めて認めます。率直な賛美の歌を返すのでした。

「青海波」を舞った源氏と頭中将が、この上なく美々しく抜きん出ていたからこそ、同じ帖の後半にある笑い話のおかしさが引き立ちます。

源典侍《げんのないしのすけ》の一件です。

色好みの老女として登場する源典侍ですが、この人は、末摘花のように欠点の目立つ女性ではありません。血筋がよく才気も豊かで品もあり、帝に重用されています。ただ一つ、男関係だけは軽いのでした。

十九歳の源氏は、こんなに女盛りを過ぎてまで、どうして色ごとが楽しいのだろうと、不思議に思って少しつきあいます。すると、源典侍が年の差を考えずに恋人気取りなので、外聞が悪くなり、遠ざかろうとしていました。

ある日、父の帝が、源典侍と源氏の愁嘆場を目撃してしまいます。帝は、あまりの不釣り合いに笑ってしまい、「中将（源氏）も、この人だけは見過ごせなかったのか」と冗談を言います。すると、源典侍はあえて否定しないのでした。宮中は、この恋仲のうわさで持ちきりになりました。

笑えるのは、うわさを聞き知った頭中将が、「自分のほうが手広く女を知っているのに、源典侍のことは見落としていた。老いた色好みはそれほどいいのか」と、考えることです。頭中将がさっそく言い寄ると、源典侍はあっさりなびきますが、その後もまだ源氏に未練があるのでした。

源氏が高齢者への奉仕のつもりで、源典侍の局《つぼね》に泊まる気になったところ、御簾《みす》に入る様子を頭中将に見られます。源氏を脅かすよい機会と考え、頭中将は夜半を待って局に押し入り、間男を見つけた恋人を演じました。

源氏のほうは、年相応の源典侍の恋人、修理大夫《すりのだいぶ》が来たと思いこみます。自分と知られる前に逃げ帰りたいのですが、直衣《のうし》もまだ着ておらず、みっともない後ろ姿をさらすのをためらいます。

悪のりした頭中将は、源氏が隠れた屏風を音高くたたみ、激怒をよそおって太刀を抜きました。

源典侍という人は「過去にもこうした鉢合わせがあって、慣れていました」と、断りが入るのが愉快です。二人の間に分け入り、怯えながらも争いを止めようとします。

頭中将は、五十七、八の老女をはさんでの争いがどうにもおかしくなり、吹き出しかけて源氏にさとられました。悪ふざけの延長でもみあううち、どちらも相手の直衣を破いてしまいます。結局は、二人ともみっともない姿で宿直所《とのいどころ》に帰るはめになるのでした。


おそらくこのエピソードは、初期には笑える小話として独立していたものを、長編に組み込んだと思われます。「7紅葉賀」の帖にはこの後に説明が入っています。


左大臣の子息の中では、頭中将だけが正妻に生まれた男子です。

源氏の君が帝の御子であろうと、自分とて、帝がとりわけ信任する左大臣を父に、帝の同母の妹を母にして生まれています。家ではだれよりも大切に扱われ、源氏の君に比べても、見劣りしないと考えているのでした。

人柄はどの方面にも優れ、何事も理想的にこなせる才能豊かな貴公子でもあります。それゆえ、源氏の君と頭中将の愉快な挑み合いは、並べだすと切りがないのでした。

源氏の官職は中将で、源氏より数歳年上の頭中将は、蔵人頭《くろうどのとう》を兼ねた中将です。『源氏物語』の原型になった小話の数々では、二人をこの官職、この年頃に固定してあって、失敗談を含む恋のさやあて話が、並行していくつもあったのだと想像できます。

源氏ノート21

若い源氏の甘え　〜夕顔と朧月夜〜

源氏の生い立ちを語る「1桐壺《きりつぼ》」の帖《じょう》には、美しく賢く何をさせてもよくできる、神童のような少年が描かれました。けれども、そのままよくできた青年に成長したかというと、そうでもないようです。

容姿が美しいのはたしかです。その上、父の帝《みかど》の一番のお気に入りなので、周囲のだれもがちやほやし、本人がそのことに慣れきっていることが、言動のはしばしに現れています。「2帚木《ははきぎ》」の帖で、宮中を出て左大臣邸へやって来たところから、もう態度が大きいのでした。

梅雨明けの暑い日であり、衣服の胸もとをはだけていた源氏は、舅《しゅうと》の左大臣が顔を見せると、身なりを整えるのではなく几帳《きちょう》に隠れて応対します。

話が長くなると、源氏の君は「暑いのに」と苦い顔をしました。女房たちが笑ったので、「静かに」と言って脇息《きょうそく》に寄り添います。

夜になり、方違《かたたが》えに別の家で泊まる必要が出てくると、「気分もすぐれないから、牛車をそのまま家に寄せられるところへ」と、横着な注文をつけます。

作者が、帝の御子らしいふるまいとして、批判のつもりなく描写しているのか、源氏の性格づけとして描いているのか、気になるところです。

「4夕顔」の帖で、源氏が夕顔にアプローチしたのは、「雨夜の品定め」で「中の品《なかのしな》の女がおもしろい」と聞かされたせいでした。伊予介《いよのすけ》の妻空蟬《うつせみ》との逢瀬の後は、いろいろな品を試したくなっていました。

遊び半分に、顔も素性も隠して五条の小家にかよったのですが、源氏は自分でも意外なほど、夕顔の柔らかな魅力におぼれていきます。

この時期の源氏は、六条屋敷にかよいつめ、御息所《みやすどころ》を口説き落としたところでした。

気高く優れた趣味教養の持ち主であり、対面に少しも気が抜けず、情の深さが息苦しいような恋人です。もちろん、十七歳の源氏よりはるかに年上です。

夕顔も源氏より少し年上でしたが、気性は正反対でした。柔らかで大らかで、男女のつきあいを知りながらも少女っぽく、はかなげに見えます。すなおに相手をたよりきる態度が、若者にはうれしいものでした。

五条の家が狭いので、心ゆくまで二人きりで過ごそうと、源氏は夕顔とともに寂れた院に泊まります。そこで、源氏を恨む美女の悪霊を見ました。最初からこの場所に怯えていた夕顔は、恐怖のあまり人事不省になり、そのまま息が絶えました。

源氏は、暗闇のなかで太刀を抜きますが、戦うのではなく魔除けのためです。その後は、たよりになる乳兄弟の惟光《これみつ》が来るまで、冷たくなっていく夕顔を抱きしめることくらいしかできませんでした。

明け方になって現れた惟光は、死者に病気の兆候はなかったのかと問いただします。何もなかったと、源氏は泣きます。

その様子が美しく愛らしく、見ている者まで悲しくなり、惟光も声を上げて泣きました。

乳兄弟ならば同い年ですから、惟光も十七歳の若さです。その惟光が、源氏の評判を守ろうと必死で事実を隠蔽し、だれにも告げずに遺体を東山へ運び、知り合いの尼のもとで葬儀を手配するのでした。

源氏のほうは、悲嘆のあまりに体の具合を悪くしただけです。このへんにも、甘やかされて育った人物の限界が見て取れます。

「4夕顔」の帖には、合間に伊予介の妻空蟬、伊予介の娘軒端荻《のきばのおぎ》のその後も描かれ、「2帚木」「3空蟬」「4夕顔」がひと続きの物語なのがわかります。「4夕顔」末尾の文章が、「2帚木」冒頭の文章に呼応するところも注目できます。

このような子細は、本人がむやみに隠しているのが気の毒で、語るのを控えていたのですが、「いくら帝の御子の話だろうと、直接知る者まで、どうして欠点がないと賞賛するばかりなのか」と、作りごとのように受け取る人がいるので取り上げました。あまりに遠慮のない言及だという非難は避けられないでしょう。

人々がもてはやす光源氏にも、褒められない色恋があるというテーマのようです。それはそれで、ずいぶん興味深いものです。甘やかされたキャラクターを抽出する人間観察を、1000年以上前の女性たちが当然のように持っていたことになります。

「8花宴《はなのえん》」の帖は『紫の結び』の系列ですが、同時期のエピソードだけあって、源氏の態度が「帚木三帖」と似ています。

短い帖ですが、朧月夜《おぼろづきよ》の君の登場回であり、このあとの源氏の生涯に大きな影響をもつ内容になっています。

冒頭は、源氏と頭中将《とうのちゅうじょう》が「青海波《せいがいは》」を舞った翌年の春、紫宸殿《ししんでん》で行われた桜の宴です。春にちなんだ舞楽を、今回はプロの芸人の舞で鑑賞しました。

春宮《とうぐう》（源氏の兄）は、前年秋の「青海波」の見事さを思い出してなりません。源氏に、冠に挿す桜の枝を送り、舞の一さしをうながしました。とうとう拒みきれなくなり、宴席の人々の前で短く舞ってみせます。このときの晴れがましさを、源氏は長く忘れませんでした。のちに須磨でわび暮らしをしたときにも懐かしんでいます。

宴が果てた夜、ほろ酔い加減の源氏は、何とか藤壺（飛香舎《ひぎょうしゃ》）に忍び入りたかったのですが、厳重に錠をさしてあって懇意の女房も呼び出せませんでした。

源氏が愚かなまねをするのは、いつも藤壺の宮の拒絶にあったときです。わざわざ自分の敵方、弘徽殿《こきでん》の細殿《ほそどの》に入りこみました。こちらには錠をささない戸口があったからです。

大胆に母屋《もや》まで侵入したとき、若くきれいな声で「朧月夜に似るものぞなき」と歌いながら歩いてくる人がいました。女房にはできない奔放さであり、弘徽殿の女御《にょうご》に何人かいる妹君の一人とわかります。源氏は和歌をささやきます。

「〝夜半のおぼろ月、その風情がわかるなら、おぼろげでなく私と縁があるのだろう〟」

この人を細殿に抱き下ろし、母屋の戸を閉めてしまうのでした。妹君が動転して人を呼ぼうとすると、源氏は言います。

「私は、宮中で何をしても許される身です。だれを召し寄せてもどうすることもできませんよ。騒がずに秘密にしておきなさい」

高慢な発言ですが、単純に心からそう思っているのでしょう。妹君も、そこまで言える若者はあの光君《ひかるきみ》だと気づきます。すると、心なくつっぱねることができず、好かれたい気持ちがわくのでした。

源氏はいつになく酔って自制心がなく、二人はそのまま契ってしまいます。あとから、この妹君は、春宮女御の入内《じゅだい》が内定していた六の君とわかるのですが、源氏の手がついたため、入内の話は立ち消えになりました。この不始末で、弘徽殿の女御は源氏への憎しみをさらに深めるのでした。

このように、若い源氏には無自覚な思い上がり、考えの甘さが多々あります。それを意識して源氏の言動を描いてあるのなら、かなりすごいことです。

なぜなら、このあと父の帝が亡くなると、ちやほやしていた人々の大半が離れていき、彼は世間というものを思い知らされるからです。

しかし、源氏の考えの甘さはなかなか消えず、うっぷん晴らしに朧月夜と密会を重ね、右大臣に見つかって官位を失いました。都を離れてさすらう憂き目に遭ってから、ようやく思い上がりがなくなるのです。


源氏をパーフェクトな人物に描かなかったところに、『源氏物語』という作品が1000年を超えて残った理由がありそうです。この人なりの欠点があり、周囲の人々を幸せにできないのですが、完全に軽蔑することもしにくいあたりが、たいへんうまく描けているのです。

浮気で女たちを泣かせても、契った女性の隅々まで生活の面倒見のいいところは、中流階級に身をおく女性読者にとって、現実には現れそうにない、理想的な主人公に見えたでしょう。また、だれよりも源氏本人が、満たされる望みのない恋に苦しんでいることが、ある意味では浮気の情状酌量になっていたかもしれません。

源氏ノート22

乳母子の奮闘　～匂宮の時方、浮舟の右近～

『源氏物語』は、女房の視点で物語を語ることを基本としています。中でもヒロインの姫君が後ろに引き、女房が前面に立つシーンがくると、いつも文章が生き生きするように見えます。

一例をあげるなら、「22玉鬘《たまかずら》」の帖で、亡き夕顔の女房右近《うこん》が、初瀬詣での途中で玉鬘を発見するくだりです。右近が今では太政大臣《だいじょう》（源氏）の女房であるため、途中の宿でも優遇され、寺に入ってからも参拝の上席をとれるなど、語りの細部にリアリティが出てきます。

また、源氏の場合はもちろんのこと、お堅い夕霧でも、お堅い薫《かおる》でも、側仕えの女房の何人かと体の関係をもつことに、もれなく言及してあります。メインの恋のゆくえを追いたいとき、読むのがわずらわしいほどですが、女房階級の読者たちは、登場する貴公子と女房の関わりに、一言でも多くふれてほしいのだろうと思えます。彼女たちにとっては、作品世界に自分を投入するよすがになるのかもしれません。

たしかに、姫君との色恋においても、この時代、女房クラスの手助けはなくてはならないものでした。その中でも特に、乳母子《めのとご》の助力の大きさには注目できます。

源氏のお忍びの色恋には、乳母子の惟光《これみつ》が長年にわたって世話を焼いてきました。主人の情事のための奔走をいとわないのは、乳兄弟のきずながあってこそなのかもしれません。

女性の側も、親身になって世話する乳母子の存在は重要です。「45～54宇治十帖」の後半に出てくる、匂宮《におうみや》と浮舟《うきふね》の火遊びは、浮舟の乳母子、右近が主戦力になっていると見えます。

おもしろいことに、匂宮が薫にないしょで宇治の屋敷へ忍びこむとき、わずかに率いた供人《ともびと》も、中の一人が乳母子の時方《ときかた》でした。蔵人《くろうど》から五位になったばかりの若者です。（「51浮舟」）

屋敷の格子戸に忍び寄り、すきまから室内をうかがった匂宮は、そこにいる浮舟が二条院で見かけた娘だと確信します。女房たちが寝静まるのを待ち、大胆にも薫のふりをして、妻戸を開けるよう命じました。

このとき応対した右近は、薫が夜更けに到着したと信じこみました。匂宮の声は薫とよく似ていたし、同じように衣の香がかぐわしかったからです。灯火を暗くしろと言われ、それにもすなおに従いました。

眠っていた浮舟が目を覚まし、寄り添った男が薫ではないと知っても後の祭りです。ことが終わってから相手の正体に気づき、中の君《なかきみ》に顔向けできないと涙にくれました。真っ先に薫にすまないと考えないところが、浮舟の心境として微妙です。

翌朝になると、右近もだまされたと知りました。

自分の責任かと焦りますが、起きてしまったことはしかたがないと腹をくくります。しかし、匂宮が今日は帰らないとわがままを言うので、またあわてるのでした。この日、浮舟の母親が石山詣での車をよこすことになっていました。

匂宮は、浮舟のそばから離れようとしません。

「私は何か月もこの人を思い続け、心も呆《ほう》けているのだ。他人がなじろうと何を言おうと知るものか、ただひたすら恋している。少しでも保身を考える者なら、こんな訪問を思い立つはずもないだろう。母御《ははご》への返事には、今日はもの忌《い》みと言えばいい。私がここにいると知られない手立てを、だれのためにも考えなさい。その他のことは言ってもむだだ」

右近は貴人にさからうことができません。そのぶん、匂宮の供人に厳しいことを言います。

「宮様はこうおっしゃるのです。あまりに不体裁だとそちらから申し上げてください。あきれた尋常でないおふるまいで、このようにお考えなのも、お供のかたが仕向けたからでしょう。どうして考えなしにここへおつれしたのです。道中に無礼なまねをしでかす山賊がいたら、どうなっていたか」

浮舟と同年でも、比べものにならない気の強さで、男たち相手に遠慮なくものが言えるのがわかります。女房とはそういうものなのでしょう。なよなよしていては務まらないのです。

右近から匂宮の指示を聞いた乳母子の時方は、笑って答えるのでした。

「あなたのお叱りが恐ろしいので、仰せがなくても逃げ帰りますよ。真面目に言うなら、兵部卿《ひょうぶきょう》の宮（匂宮）に並々でないご執心がおありだったからこそ、だれもが命がけでお供したのです。まあいい、宿直人《とのいびと》も起き出したようだ」

ほがらかさが感じよく、優秀な若者に見えます。実際、匂宮は東山の聖《ひじり》に会いにいったと、明石中宮や右大臣の夕霧にうまく言い逃れをしています。

とはいえ、匂宮はこの後も同じように、無謀な宇治訪問を二度三度とくり返すのでした。時方の苦労のほどがしのばれます。

右近のほうも、他の女房に匂宮の正体を隠したため、格段に苦労の多い立場になりました。心ならずも匂宮の共犯者を続けるはめになります。

二月の大雪の日、匂宮が訪問を決行したときには、右近一人で隠し通すのが難しくなり、侍従《じじゅう》という若い女房を味方に引き入れました。

侍従はその夜、宇治川を小舟でわたる浮舟に付き添い、時方が用意した対岸の隠れ家に泊まります。そして、匂宮から言葉をかけてもらい、すっかり崇拝者になるのでした。

浮舟のもとには、匂宮からの手紙と薫からの手紙、二通が同時に届きます。右近と侍従は、女主人が匂宮の手紙を手元におくのを目ざとく見てとり、浮舟の心は匂宮に移ったようだと考えました。

侍従は言います。

「当然ですよ。大将（薫）どののお姿をだれよりも美しいと拝見していたのに、宮様は別格でいらっしゃるのだから。たわむれて冗談をおっしゃるときの、愛敬のある魅力といったら。私だったら、これほどのお気持ちを知って今のままではいられませんよ」

右近はその意見に同意しませんでした。

「安心できない考えね。大将どののお人柄にまさる人がどこにいますか。顔立ちはともかく、誠実なご気性や心づかいのすばらしさ。やはり、この秘めごとは見苦しいできごとですよ。姫様はこれからどうなさるのやら」

浮舟の気持ちが定まらず、しばらくどっちつかずなのは、身近な女房たちがこのように、両方の見解をもっているせいもあるかと思われます。口に出さなくても、日々接していればどこかで伝わるはずです。

秘めごとをつくった浮舟が、真剣に悩みはじめると、皮肉なことに、薫は彼女に深い情感がそなわったと見て、大人びて魅力的になったと感心するのでした。

浮舟を三条に新築した家に迎えることにして、正妻の女《おんな》二の宮にも前もって説明し、浮舟に不都合がおきないようにします。

一方の匂宮は、薫が都に家を準備したことを知って焦りました。薫が引き取る前に、自分が浮舟を隠してしまおうと、手はずを整えて屋敷から誘い出そうとします。

ところが、薫の従者が、匂宮の恋文の使者に気づきました。従者の報告を聞いた薫は、手紙を読みふける匂宮を見て、浮舟の返信だと確信します。そして、浮舟にあてて「不実を知っている」とほのめかす和歌を送るのでした。

思い悩むあまり、まわりが心配するほど痩せてしまった浮舟に、乳母子の右近は、浮舟の心に寄り添おうとして進言します。

「宮様が、大将どのにまさる情愛をお持ちで、本気でおっしゃるのであれば、そちらにお従いくださいさい。ひどく悩んでお嘆きになりますな」

匂宮を崇拝する侍従は、前から意見が変わりません。「心が向く人になびくのが宿命」と意気込みます。

しかし、浮舟は胸の内で、自分は匂宮になびいたのではないと考えるのでした。これほど悩むのは、薫と別れたくないからだと。けれども、薫はすでに不祥事に気づいてしまっています。

どちらの男に従っても、世間から非難される結末が待ち、母親の面目をつぶしてしまうなら、今すぐこの身を消し去るのが正しいと思いつめるのでした。

源氏ノート23

真相を得た夕霧　～柏木の遺言と薫～

頭中将《とうのちゅうじょう》の長男、柏木《かしわぎ》は、源氏不在の六条院で、女三《おんな》の宮の寝所に忍び入り、長年の思いをとげました。密会を何度か重ねています。

二条院で紫の上の看病に専念していた源氏が、女三の宮の体調不良を聞き、久々に六条院にもどると、女房たちから懐妊らしいと告げられました。

めずらしいことがあるものだと思っていると、女三の宮が敷物にはさんで忘れた、柏木からの恋文を発見します。浅緑色の薄様《うすよう》を二枚重ねにした紙に、艶《えん》な香を薫きしめ、こまごま書かれた手紙だったといいます。(「34若菜上下」)

「宇治十帖」の後半、薫《かおる》が従者の報告を聞いて注目した、匂宮《におうみや》が読みふける浮舟《うきふね》の手紙は、紅《くれない》の薄様にこまごま書かれたものだったといいます。(「51浮舟」)

どちらも破局の決め手になった手紙として、色彩とともに印象的です。

柏木は、女房の小侍従《こじじゅう》に源氏が恋文を手に入れたことを知らされ、身も凍る思いをしました。源氏の怒りを恐れて体調をくずし、内裏《だいり》の出仕もできなくなります。六条院で行う試楽に招かれると、病気を理由に断りを入れますが、父親の頭中将（このときはすでに太政大臣《だいじょう》を引退）が聞きとがめました。叱責して六条院へ送り出します。命が危ない病ではないのだからと。

柏木が参上すると、源氏は今までどおり親切な言葉をかけますが、言外にある怒りは若者に伝わりました。試楽のあとの酒宴で、源氏はいつになく柏木にからみ、無理強いして酒を飲ませます。気分が悪くなった柏木は、その夜から真の重病におちいるのでした。

落葉の宮（朱雀院《すざくいん》の女二の宮）と結婚していた柏木は、妻の屋敷にいましたが、重病と知った頭中将と北の方が大騒ぎして、親の屋敷に引き取りました。そして、葛城の修験者を見つかる限り呼び集め、加持祈禱《かじきとう》を尽くしますが、病人は衰弱していくばかりでした。

柏木と親交のある、源氏の息子の夕霧は、かつての蹴鞠《けまり》の日、御簾《みす》のすき間から女三の宮の姿をいっしょにのぞき見ています。そして、柏木の恋心に気づいていました。彼が急に六条院へ来なくなったあたりから、何かが起きたと思い始めています。

「おそらく、私が様子を察した女三の宮の恋慕で、とうとう忍びきれなくなったのだ」

夕霧が最後に見舞ったとき、柏木は友を枕もとへ呼び寄せました。そして、苦しい息の下で「六条院で、気まずい行き違いがあった」と語るのでした。（「35柏木」）

「源氏の君のおそばに上がったところ、私をお許しくださらない様子がまなじりにあり、生きていることも恐縮する心地になり、情けなく胸が騒いで静まらなくなったのだよ。

ことのついでに耳にとめておいて、私の釈明をしてくれないか。死んだ後になろうと、お怒りが解けたとあらば、きっと君の善行になるよ」

夕霧に気がかりを残したまま、柏木は息を引き取ります。
葬儀のあとも、このときの柏木の言葉を考え続けました。
そして、女三の宮があまりにあっさり出家したことに思い至ります。重い病だったとも聞いていません。父の源氏は、紫の上が危篤になって出家を願ってすら引き止めたのに、女三の宮をすぐに出家させたのが妙です。事情があるにちがいありません。
いろいろ思い合わせた結果、女三の宮がだれの子を産んだかを察するのでした。

夕霧が、後に残された落葉の宮をたずね、その足で頭中将の屋敷をたずねたことで、悲嘆にくれる人々の様子が描かれます。特に、前途有望な長男に先立たれた頭中将の打ちひしがれた姿は、読者の胸を打ちます。

いくつになっても男ぶりのよかった大臣《おとど》（頭中将）の顔立ちが、すっかり痩せ衰え、髭《ひげ》もあたらずに伸ばし放題です。親の死を看取ったときよりも、よほど顕著なやつれ方でした。

涙をしぼり、顔をしかめて読んでる様子には、気骨があって明朗で自慢気ないつもの大臣の名残もなく、哀れっぽく見えました。


頭中将は、甥で娘婿でもある夕霧に悲痛な心境を語ります。

「世間に聞こえる声望も官位もどうでもいいのだ。他でもない当人の身一つが、耐えがたく恋しいのだ。どんなことがあれば、このつらさが静まるのだろう」


夕霧は、父の源氏に真相をたずねたいと思いますが、うすうす察するだけに、気づまりで言い出せません。そのまま一周忌も過ぎたころ、落葉の宮の母御息所《みやすどころ》から、柏木の形見の横笛をゆずられました。それを家に持ち帰った夜、夢に柏木が現れます。

夢の中の柏木は、生前のままの袿《うちき》姿で、夕霧のかたわらに座りました。横笛を手にとって見つめ、和歌を詠んでつぶやきます。（「36横笛」）

「〝笛竹《ふえたけ》に吹き寄る風がことなれば、末の世に長くこの音《ね》を伝えたいものだ〟思う方向と違ったよ」

目を覚ました夕霧は、柏木にとって心残りな品が、行くべきところへ届かなかったのだと考えました。横笛を持って父の源氏に会いに出かけます。

春の町の御殿、東の対を訪ねましたが、源氏は里帰りした明石中宮の御座所にいると言われました。寝殿の西面《にしおもて》です。

このとき、紫の上がかわいがっている幼い三の宮（のちの匂宮）が出てきます。まだ三歳です。夕霧のそばへ来て、「宮を抱いてさしあげて、あっちへつれていってよ」と自分に敬語をつかって言うのが、ひどく愛らしいのでした。

夕霧は三の宮を抱いて寝殿へ行き、御簾《みす》から出てきた女三の宮の若君（のちの薫）を初めて目にします。二歳です。

衛門督《えもんのかみ》（柏木）より眼光鋭く、利発な感じを受けますが、切れ長のまなじりが美しく人を惹きつけるところはよく似ています。口もとが特に華やいで、にっこりした様子などはそっくりと言えました。

幼子の姿に胸を打たれた夕霧は、頭中将の嘆きを思いやるのでした。

「何と哀れな。もしも私が疑うこの子の父が本当なら、致仕《ちじ》の大臣（頭中将）が、悲しみに呆《ほう》けるほどになって、息子の子だと名乗り出るものがいないか、形見にする名残さえあればと、泣いて焦がれているのに、教えてさしあげることもできないのか」

この夜、源氏に柏木の夢を打ち明けると、源氏は「横笛の由来を知っている。私にはあずかるべき理由がある」と言います。もちろん、横笛の継承者は女三の宮の息子だと、確信しているからです。

夕霧は思い切って、柏木の臨終まぎわの言葉を伝えますが、源氏は思い当たらないふりをしました。

「私がそうまで人に恨まれる態度を、どんなときに漏らしたというのか、考えても思い出せないよ。今聞いた夢の話を、心静かに思い合わせてから答えることにしよう。夜になったら夢の話をするものではないと、縁起をかつぐ女房たちは言うからね」

独自に真相にたどりついた夕霧でしたが、父のはぐらかしに遭うと、ばかなことを言い出したと恥ずかしくなります。このの ち二度と追及しませんでした。

物語上、夕霧の疑いはここで立ち消えになり、何事も起こりません。

出生の秘密が問題になるのは、源氏がすでに世を去り、薫や匂宮が成人した「42匂宮」の帖からなのです。

源氏ノート24

鈴虫の宴　～女三の宮と冷泉院～

イギリスの東洋学者アーサー・ウェイリーは、1925～33年（大正十四年～昭和八年）、英訳『源氏物語』六巻本をロンドンで刊行しました。その訳文が英文として優れていたこともあり、「タイムズ」の書評で絶賛されます。その他の評でも、ジェイン・オースティンの著書やマルセル・プルースト『失われた時を求めて』と比べられ、レディ・ムラサキの名前が広く知れわたりました。

日本国内の『源氏物語』評価も、海外の高評によって再認識が起こったようです。優れた口語訳の必要性が問われ、1938～9年に与謝野晶子『新新訳源氏物語』が生まれ、1939～41年に谷崎潤一郎『潤一郎訳 源氏物語』が生まれました。

そのような歴史的価値をもつウェイリー版の『源氏物語』ですが、彼は「37鈴虫」

の帖だけ、まるまる訳さずにカットしました。ここでは、その「37鈴虫」の内容を紹介しておきます。

この帖の前に、「35柏木《かしわぎ》」の帖で女三《おんな》の宮の出産と出家があり、若い柏木の病死が描かれました。「36横笛」の帖では、源氏の息子の夕霧が、女三の宮の子に疑いをもちながら、ついに解明せずに終わります。「37鈴虫」は短い帖で、波乱の出来事の沈静後にある、一種のインターバルです。

冒頭に語られるのは、尼になった女三の宮のその後です。彼女の持仏の開眼供養が行われました。今までの御座所を持仏堂にしつらえて、法会《ほうえ》を開きます。内輪の供養ながら、父の朱雀院《すざくいん》や兄の帝《みかど》の肩入れまであるため、善美を尽くした催しになりました。

その中にあっても源氏は、若い妻を尼にした後悔が消えません。女三の宮が出家してから、以前よりも大事にするようになっています。

朱雀院は、所有する三条の屋敷を娘に譲り、「出家した今は、そちらに住むほうが見た目がいいだろう」と勧めました。けれども、源氏がこれに強く反対します。

「毎日顔を合わせてお世話することを怠っては、約束を違《たが》えてしまう。この先の寿命がいくらもない私とはいえ、生きている限りはあなたへの愛情を失うことはないのだから」

秋ごろ、春の町の寝殿で、西の渡殿《わたどの》の前に見える塀の東端を広げ、野原のように造園しました。西隣にある秋の町の庭園に近づけたようです。これは、女三の宮の御座所からの眺めを配慮してのことでした。

野原の庭には秋の虫を放ち、夕暮れに虫の声を鑑賞しようと、源氏がしげしげと訪れます。そのたびに、自分が女三の宮に愛情を持ち続けていることを訴えるのでした。出家した女三の宮にとっては、非常に迷惑です。心に思います。

「源氏の君は、人目に変わらない態度を取りながら、私にだけは、厭《いと》わしい出来事を知っていることをはっきり匂わせ、前とすっかり変わったお気持ちのくせに」

顔を合わさずにすむよう、三条の屋敷に移りたいのが女三の宮の本音ですが、大人びた態度で言い出せないのも、この人の人柄でした。

とはいえ、虫の声が美しい秋の十五夜、源氏がかき鳴らす琴《きん》の琴《こと》には、女三の宮も心を動かされます。思わず熱心に聞き入りました。

この夜、帝の御前の「観月の宴」が中止になったからと、息子の夕霧が、内裏《だいり》の高官を大勢率いてやって来ます。源氏の弟の兵部卿《ひょうぶきょう》の宮もいっしょに訪れました。源氏が「今夜は、鈴虫の宴ということで飲み明かそう」と、酒杯を回していると、そこへ冷泉院《れいぜいいん》からの使者が訪れます。

冷泉院とは、上皇になった藤壺の宮の息子です。「34若菜上下」の帖で、譲位して朱雀院の息子が帝になったことが語られましたが、その後は前面に出てきませんでした。この使者は、上皇みずから記した手紙を持参しています。

「〝雲の上（宮中）をかけ離れた住みかにも、忘れずに訪れてくれる秋の夜の月だ〟」

これを読んだ源氏は、ただちに院の御所を訪ねることにしました。その場に集う高官たちを率いて、牛車をつらねて出発します。

源氏も今は准太上《じゅんだじょう》天皇であり、正式に冷泉院を訪問するとなると、手続きをふんだ儀式ばった対面しかできません。身軽なお忍び姿でやって来た源氏に、冷泉院はたいそう喜びました。

源氏の君の子の中で、春宮《とうぐう》（皇太子）の母女御《にょうご》（明石の姫君）の境遇は並ぶ者なく、養育しがいのあったことです。大将の君（夕霧）も抜きん出て優秀で、どちらも評判のいい子たちだと考えます。けれども、冷泉院に対する愛情はさらに特別深いものがあり、名乗り合えない父子として哀れに思うのでした。

冷泉院もいつも源氏の君を思っており、帝の立場ではめったに対面できず、思う存分会いたいことから、譲位して自由な身にと思い立ったのでした。

この一文が「37鈴虫」の帖にあることを、私は貴重だと思っています。これまで一度も表面に出てこなかった源氏の心情です。藤壺の宮との長男は不義の子なので、わずかも他人にさとられてはならず、秘密を墓まで持っていく必要があったからです。けれども、最愛の女性とのあいだに生まれた息子を、源氏が特別に愛していないはずがないのでした。そのことが、とりたてて事件の起きないこの帖に、秋の夜半の哀愁とともにしみじみと描かれています。

冷泉院の御所には、六条の御息所《みやすどころ》の娘、秋好《あきこのむ》中宮も住んでいました。源氏は後見したこの人とも話を交わします。

「若い人たちがつぎつぎ世を去ったり出家するので、取り残された思いがして、世の無常が心細くてならず、隠棲して山に住みたいと思い始めた私だ。後に残された紫の上が頼りなく暮らすだろうから、あなたが目をくばって面倒を見てやってほしい。以前にそうお願いしたことを、どうか忘れず覚えていてくださいね」

源氏が「若い人たちがつぎつぎ」と言うのは、柏木の死と女三の宮の出家をさすのでしょう。「鈴虫の宴」のさなかにも、亡き柏木を偲ぶ思いを口にしていました。「観月の宴」を中止した当代の帝も、和琴の名手だった柏木の追憶でつらいのだろうと察しています。

「36横笛」の帖では、夕霧の言葉にそ知らぬ顔を通した源氏ですが、自分が柏木を死に追いやり、女三の宮を出家に追いやったことに、自覚があるのがわかります。

源氏と対面した秋好中宮は、自分にも出家を望む思いがあると打ち明けます。世間のうわさで、六条の御息所の死霊《しりょう》が現れたことを聞き知ったせいです。

「亡き母の有様を、どこからか、軽くはない罪障があると聞いたのです。死に別れたときの悲しさばかりが忘れられず、母の後生《ごしょう》を思いやれなかったことが虚しいのです。賢い僧侶の説法を聞き、勧めに従って、せめて私が業火の苦しみを冷ましてあげられたら」

源氏は、秋好中宮の出家には反対して、代わりに御息所の追善供養を手厚く行うことを勧めました。そして、出家することの難しさを二人で語り合うのでした。

このあと「39御法《みのり》」の帖に、紫の上の死が描かれます。そして、紫の上が息を引き取るまで彼女を出家させられない、源氏の未練がましさが描かれます。

『源氏物語』の中の出家は、いつでも愛執の対極として語られるようです。源氏はどこまでも愛執の人であり、口ではくり返し出家願望を語りますが、いつまでたっても真の発心《はっしん》に至りません。

紫の上がこの世を去って初めて、心の底から思い知るのでしょう。

源氏物語五十四帖の概要

※各帖のページ数は、拙訳『紫の結び』『つる花の結び』『宇治の結び』の単行本で数えたものです。大まかな指標に過ぎませんが、帖の長さのばらつきを知る目安にしてください。

「1桐壺《きりつぼ》」（源氏誕生〜12歳）24頁

時の帝《みかど》は、家柄の低い桐壺の更衣《こうい》をだれよりも寵愛し、美しい男御子が誕生する。しかし、更衣は後宮で妬みと嫌がらせを受け、御子が三歳のときに病死した。帝は、更衣の御子の外戚の弱さを懸念し、臣籍を与えて源氏とした。源氏は十二歳で元服し、同時に左大臣の一人娘、葵《あおい》の上の婿になる。しかし、源氏の胸には、母に似るという若い女御《にょうご》、藤壺《ふじつぼ》の宮への恋心があり、葵の上になじめなかった。

帚木三帖（「帚木」から「夕顔」）

「2帚木《ははきぎ》」（源氏17歳）60頁

五月の長雨の夜、宮中の宿直所《とのいどころ》で、頭中将《とうのちゅうじょう》が源氏に「女は、中《なか》の品《しな》のほうが個性があっておもしろい」と、わけ知り顔に語る。そこへ左馬頭《さまのかみ》と藤式部丞《とうしきぶのじょう》がやってきて、女の品定めと実体験を語った。頭中将も自身の体験を打ち明けた。

翌日、源氏は左大臣邸へ行くが、葵の上は堅苦しく打ちとけない。暗くなったころ、女房たちに「方角の悪い日だから、方違《かたたが》えして泊まるべき」と説かれ、紀伊守《きのかみ》の屋敷で一泊することになった。

源氏は、話題の「中の品」の家だと考え、滞在する伊予介《いよのすけ》の若い後妻、空蟬《うつせみ》に関心を向ける。

人々が寝静まったころ、忍んで情事をもったが、空蟬は源氏になびかない態度をとり続けた。空蟬の弟を味方につけてもう一度会いに行ったが、避けられてしまう。

「3空蟬《うつせみ》」（源氏17歳）14頁

空蟬の弟は源氏に心酔し、再び屋敷へ侵入する手引きをする。

源氏は、空蟬と軒端荻《のきばのおぎ》（伊予介の娘）が碁を打つ場面をのぞき見た。

夜を待って寝所に忍び入ると、空蟬は耳ざとく気づき、寝床から逃げ出してしまう。

源氏は、知らずに寝ていた軒端荻と一夜を過ごした。

その後、脱ぎ捨ててあった空蟬の衣を自宅に持ち帰り、「空蟬」の和歌を詠んだ。

「4夕顔《ゆうがお》」（源氏17歳）61頁

源氏は、乳母《めのと》の病気見舞いで訪れた五条の通りで、隣家の白い夕顔の花に目をとめる。

このころの源氏は、六条の屋敷にかよい、ようやく御息所《みやすどころ》と恋仲になっていた。しかし、乳兄弟惟光《ちきょうだいこれみつ》の報告で、隣家の女主人は頭中将が「雨夜の品定め」に語った女人《にょにん》らしいと知り、関心がわく。素性を隠して五条の小家にかよってみると、もの柔らかな気性が好ましく、意外なほど夕顔に夢中になっていった。

八月の十五夜、源氏は夕顔を誘い出し、寂れた院を訪れた。一日中二人で過ごし、宵になって少し寝入ると、美しい女の霊が現れ、源氏を恨んで夕顔を引き起こそうとする。目が覚めた源氏は従者を呼んだが、夕顔ははかなく息絶えていた。

夜が明けて訪れた惟光は、遺体を内密に東山へ運び、葬儀を手配する。

源氏は、体調の悪さをおして夕顔の亡きがらに会いに行き、それから寝ついて、ひと月近く重くわずらった。病がもちなおしてから、女房の右近《うこん》に女主人の正体を聞く。やはり、頭中将が語った女人が夕顔だった。

「**5若紫**《わかむらさき》」（源氏18歳）57頁

源氏は、わらわ病みの治療で訪れた北山の寺で、藤壺の宮とよく似た顔立ちの少女を見かける。けっして妻にできない人の代わりに、この子を手に入れたいと考えた。養育する祖母に保護者になりたいと願い出るが、断られ続ける。

そのころ、里帰りしていた藤壺の宮は妊娠に気づいた。宿したのは源氏の子だとわかる藤壺の宮は、源氏とのやりとりを一切絶ってしまう。源氏も自分の子とさとった。苦悩をかかえた源氏は、祖母を亡くした少女が父親に引き取られる直前に強奪し、自分の屋敷、二条院の西の対に住まわせる。紫のゆかりの少女は、やがて源氏によくなじみ、「理想の女人に育て上げたい」という源氏の願望をかなえる娘になっていった。

「**6末摘花**《すえつむはな》」（源氏18～19歳）44頁

夕顔のような恋人を探す源氏は、淋しく暮らす亡き常陸《ひたち》の宮の姫君に関心をよせる。寂れた屋敷へ向かう源氏に、いち早く気づいた頭中将は後をつけ、先を争って恋文を送りつける。だが、姫君はどちらにも返事を出さなかった。

その後、頭中将は見切りをつけたが、源氏は忘れず、姫君と逢瀬をとげる。しかし、無口で無愛想で、美点を見つけられない相手だった。

顔立ちを見知ればもっと魅力を感じるかと、雪明かりの朝に姫君を端に誘う。横目で見届けた顔立ちは、顔も鼻も異様に長く、垂れた鼻先が赤かった。

歌を詠みかける源氏に、姫君は「むむ」と笑うだけで返歌ができない。屋敷を出た源氏は、この末摘花がどうにも哀れになり、今後も自分が生活を援助しようと決意するのだった。


「**7紅葉賀**《もみじのが》」（源氏19歳）37頁
朱雀院《すざくいん》への行幸の催事で、源氏と頭中将が「青海波《せいがいは》」の二人舞を披露し、人々の賞賛を浴びた。

藤壺の宮は男御子を出産した。帝が源氏に赤子を見せ、「そなたの赤子のころに似ている」と語るため、源氏は動揺する。

宮中では、高齢になっても源氏に秋波をおくる源典侍《げんのないしのすけ》との仲がうわさになった。頭中将が負けじと競ったことで、喜劇的なはこびになる。

父の帝は、生まれた御子を次代の春宮《とうぐう》（皇太子）にするべく、藤壺の宮を中宮に立后させた。源氏は、自分からさらに遠くなる人を思って悲哀をかみしめた。

「8花宴《はなのえん》」（源氏20歳）15頁

紫宸殿《ししんでん》で桜の宴が行われた。源氏は夜、藤壺（飛香舎《ひぎょうしゃ》）に忍び入ろうとするが、施錠されて入れない。代わりに侵入した弘徽殿《こきでん》で、弘徽殿の女御《にょうご》の妹君、朧月夜《おぼろづきよ》に出会う。このなりゆきで、二人は思いがけなく契りを結んだ。

源氏は、名を告げなかった娘を探すため、右大臣邸の藤の宴に出席する。念願の再会をはたすが、朧月夜は、春宮女御の入内《じゅだい》が内定していた六の君だった。

「9葵《あおい》」（源氏22歳〜23歳）50頁

源氏の兄が帝となり、六条の御息所《みやすどころ》の娘が伊勢の斎宮《さいぐう》に抜擢された。御息所は、恋人源氏の冷たさに苦しみ、娘とともに伊勢へ下るか思い悩む。

華やかな葵祭で、源氏が斎院御禊《さいいんごけい》の行列に加わり、見物人が押し寄せた。その祭見物の場で、葵の上一行の牛車が、六条の御息所の牛車を押しのける喧嘩騒ぎが発生する。この「車争い」が発端となり、恨みがつのった御息所は、生き霊《りょう》になって葵の上にとり憑《つ》いた。安産で男児を出産した葵の上は、急死してしまう。

源氏は、亡き妻の四十九日が過ぎるまで左大臣邸で弔いを尽くす。だが、久々に二条院へもどってみると、紫の上が美しく成長していた。そののち、紫の上と夫婦の契りをかわした。


「10 賢木《さかき》」（源氏23～25歳）50頁

六条の御息所は伊勢へ去る。源氏は嵯峨野の野の宮で別れを惜しんだ。

父の院が世を去り、源氏と藤壺の宮は大きな後ろ楯をなくす。源氏は忍んで藤壺の宮に会いに行くが、手ひどく拒絶された。それでも恋心を訴え続けると、藤壺の宮は法華八講の最後に出家をとげ、周囲のだれをも驚かせた。

藤壺の宮にとっては、春宮になったわが子の安全がすべてだった。捨てばちになった源氏は、右大臣邸に忍び入って朧月夜と密会を重ね、右大臣に目撃されてしまう。弘徽殿の大后《おおきさき》は激怒し、源氏の失脚をもくろんだ。

「11花散里《はなちるさと》」（源氏25歳）6頁

世の中の逆風が身にしむ源氏は、昔を偲びに父の麗景殿《れいけいでん》の女御の里屋敷を訪ねた。そして、女御の妹君、花散里の気の長い恋心に慰めを見出した。

「12須磨《すま》」（源氏26〜27歳）51頁

官位を剝奪された源氏は、都を去る。悲しみにくれる紫の上を二条院に残し、わずかな供人《ともびと》をつれて須磨へ旅立った。人けの少ない、須磨の海辺に近い土地に居をかまえる。

謹慎の日々を送る源氏には、語り合える知人もおらず、わびしさがつのった。翌年の春、宰相中将《さいしょうのちゅうじょう》（前の頭中将）が須磨を訪ねてきたが、人目をはばかって一晩で帰ったので、かえって淋しさが増した。

三月、源氏が禊《みそ》ぎのために浜へ出たところ、突然の暴風雨にみまわれる。異常な嵐が続き、源氏は、異形の使者が自分を探す夢を見るようになる。「海竜王に魅入られたか」と、須磨の暮らしが耐えがたくなった。

「13明石《あかし》」（源氏27～28歳）46頁

高潮が迫る中、源氏の住まいに落雷があって廊が焼け落ちた。裏の小屋でまどろんだ源氏の夢に、父の帝が現れ、船でこの浦を離れよと告げる。さらに、これから都へ出向いて当代の帝に意見すると語る。目が覚めると嵐はおさまり、浦には迎えの船が着いていた。播磨《はりま》の前国司、明石入道《にゅうどう》の船だった。

夢の導きを信じた源氏は、明石へわたり、入道の屋敷で世話になる。そして、入道の熱心な申し入れにより、一人娘の明石の君に求婚した。しかし、都の紫の上を気づかって熱心にかよわず、この娘を悲しませた。

都では、眼病をわずらった帝が、ついに源氏を呼びもどす宣旨《せんじ》を出した。同じころ、明石の君の妊娠が明らかになる。源氏は都に帰るのがつらくなり、別れを惜しんだ。

それでも、紫の上と再会した喜びはこの上なかった。源氏の官位は元にもどされ、さらに昇進して権大納言《ごんだいなごん》になる。

「14澪標《みおつくし》」（源氏28～29歳）42頁

兄の帝が譲位し、十一歳になった藤壺の宮の息子が即位した。源氏は内大臣に昇進し、以前の左大臣（葵の上の父）が太政大臣《だいじょう》になる。

明石の君は女児を出産した。源氏は、妻と娘を都に呼び寄せるため、二条東院の改修を急がせる。

六条の御息所とその娘は、斎宮の代替わりで都へもどってきた。けれども、御息所はほどなく病で世を去る。源氏が見舞ったとき、あとに残す娘の世話をたのみ、愛人にはしてくれるなと言い残した。源氏は遺言を守り、この娘を若い帝の女御にする。

「**15蓬生**《よもぎう》」（源氏26～29歳）28頁

源氏が都を去ったとき、援助にたよっていた末摘花の屋敷はたちまち困窮した。屋敷を売り払うか、父の宮の家具を売るかで、生活の糧を得るべきだと説く女房に、末摘花はかたくなに応じない。使用人はわずかになり、庭の草やぶは屋敷を覆い隠すほど生い茂った。

大宰府大弐《だいに》に任官した夫をもつ母方のおばが、ともに筑紫《つくし》（九州）へ下ろうと誘いにくる。末摘花は応じないが、乳母子《めのとご》の侍従《じじゅう》は筑紫へ去り、暮らしはさらに淋しくなった。

都へもどった源氏は、すぐには末摘花の訪問を思いつかなかった。けれども、通りがかりに消息をたずねる気を起こす。そして、同じ場所で待ち続ける末摘花を見つけた。

源氏はこの姫君を、やがて二条東院に引き取った。

「16関屋《せきや》」（源氏29歳）7頁

石山寺の参詣に出た源氏の一行は、逢坂《おうさか》の関で、帰京する常陸介《ひたちのすけ》の一行と出会う。常陸介は前の伊予介、空蟬の夫だった。

源氏は空蟬の弟を呼び、姉への手紙をたくす。空蟬は気が引けるものの、懐かしさに返事を書かずにいられなかった。

年配の夫はまもなく世を去る。継息子《まま》に言い寄られた空蟬は、出家して尼になった。

「17絵合《えあわせ》」（源氏31歳）24頁

若い帝の後宮には、真っ先に権中納言《ごんちゅうなごん》（かつての頭中将）の娘が弘徽殿《こきでん》に入り、仲のよい遊び友だちになっていた。

六条の御息所の娘が梅壺（凝華舎《ぎょうかしゃ》）に入ると、最初は年上に気後れした帝だが、この女御が上手な絵を描くことを知り、慕って梅壺にかようようになる。

対抗意識を燃やした権中納言は、腕のいい絵師に物語絵をいくつも描かせ、帝の気を引くことに努めた。この競争を買って出た源氏は、帝の御前で、弘徽殿勢と梅壺勢による絵巻の対抗試合を行う。

結果は、最後の対局に源氏が須磨でみずから描いた絵日記を提出した、梅壺側が勝利した。

「18松風《まつかぜ》」（源氏31歳）23頁

二条東院が完成し、花散里がここに入居した。明石の君は、都の女人たちに埋もれることを恐れ、大堰川《おおいがわ》のほとりにある、母の祖父の別荘に身をおく。

別荘を訪ねた源氏は、生まれた娘の愛らしさ美しさに驚嘆した。占い師が告げたとおり、将来の后《きさき》として育てる娘だと確信する。

紫の上は、明石の君への嫉妬を隠さなかったが、幼い娘を二条院に迎えたいと相談されると、無類の子ども好きのため、ほほえんで賛成した。

「**19薄雲**《うすぐも》」（源氏31〜32歳）37頁

源氏は、娘を手元で育てたいと説得を続け、明石の君は思い切れずに苦悩する。しかし、最後は娘の将来を思って手放した。つらい別れを経て二条院に移った明石の姫君だが、三歳の幼さのため、その後は無邪気に紫の上になついた。

藤壺の宮は病が重くなり、三月に危篤になる。源氏は見舞いに駆けつけ、「この年月断ち切っていた思慕を、あと一言だけ告げたい」と願うが、かなわず、藤壺の宮は源氏の言葉を聞く前に世を去った。

帝は、母の四十九日後、縁故の僧都《そうず》から真の父親は源氏だと教えられる。このことを源氏に言い出せず、ただ帝位を源氏に譲りたいと申し出た。源氏も帝が秘密を知ったと気づいたが、父とは名乗らずに現状維持に努めた。

「**20朝顔**《あさがお》」（源氏32歳）26頁

藤壺の宮の死去と同じころ、式部卿《しきぶきょう》の宮が死去し、朝顔の姫君は賀茂の斎院を降りて父を弔った。

昔の仲を取りもどしたい源氏は、しきりに手紙を送るが返事がない。屋敷を訪問しても、女房を通しての返事しかもらえなかった。意地になってかようと、世間には求婚のうわさが広まった。

紫の上は心配をつのらせたが、朝顔の姫君は最後まで応じなかった。二条院にもどった源氏は、紫の上に求婚ではないと告げ、仲直りに手を尽くした。


「21少女《おとめ》」（源氏33歳～35歳）59頁

亡き葵の上の産んだ息子、夕霧が十二歳になり、元服する。

源氏は、息子に学問を積ませようと、一般と同じ官位にして大学寮に入学させた。

そのせいで、幼なじみの雲居雁《くもいのかり》の姫君との恋仲を引き裂かれてしまう。

一方で源氏は、六条京極わたりに四町の土地を手に入れ、六条院を建設した。四方の御殿にそれぞれ春・夏・秋・冬の庭園を造り、風雅を極めた住まいとなる。

源氏は紫の上とともに、春の町の御殿に住んだ。

夏の町には花散里が住んだ。秋の町は六条の御息所の娘の里帰りの御殿になった。

そして、明石の君もここに呼び入れられ、冬の町の住人になった。

玉鬘十帖（「玉鬘」から「真木柱」）

「22 玉鬘《たまかずら》」（源氏35歳）54頁

頭中将と夕顔の娘、玉鬘は、夕顔が五条の家にいたころ、西の京で乳母《めのと》が養育していた。

夕顔が行方知れずになると、乳母は玉鬘を伴い、大宰府に赴任する夫について筑紫へ下った。玉鬘はこの地で二十歳を迎える。美貌の評判を聞きつけ、地元の豪族が強引に結婚を迫ったので、乳母と乳母の子ども二人は玉鬘をかばい、夜逃げ同然にして都へもどってきた。

そのころ、頭中将は内大臣になっていた。しかし、末端に暮らす乳母たちには、知らせるつてがない。神仏をたのんで初瀬詣でをすると、途中の宿で、かつての夕顔の女房右近《うこん》と再会した。右近は、夕顔の娘の発見を真っ先に源氏に伝える。

源氏も喜んで彼らを六条院に招き入れた。そして、玉鬘の美しさと教養に満足すると、探し出した自分の娘として公表するのだった。

「23初音《はつね》」（源氏36歳）18頁

六条院で初の正月を迎え、源氏は年賀に、晴れ着姿の女人たちを訪問する。夏の町の御殿で花散里にあいさつした源氏は、西の対で山吹襲《やまぶきがさね》を着た玉鬘と対面し、美しさに感動した。

源氏はその後、二条東院へも出向き、こちらに住む末摘花や尼になった空蝉とも話を交わした。

「24胡蝶《こちょう》」（源氏36歳）25頁

春の町の庭園が花盛りのころ、源氏は池に唐船《からふね》を浮かべて船上の楽を催す。秋好中宮《あきこのむちゅうぐう》（六条の御息所の娘）の女房たちを招待し、船に乗せて春らんまんの眺めを堪能させた。

翌日は、秋の町の御殿で中宮の催す法会《ほうえ》があった。紫の上は、鳥の装束と蝶の装束の女童《めのわらわ》をつかわすと、桜と山吹をささげて舞を奉納させ、優雅な趣向を際立たせた。

初夏、源氏は玉鬘に寄せられた多くの恋文に目を通し、婿がねを吟味する。しかし、だれにもわたしたくないと気づき、恋心を打ち明けた。思いもよらなかった玉鬘は困惑し、悩み始める。

「**25蛍**《ほたる》」（源氏36歳）24頁

源氏の弟、兵部卿《ひょうぶきょう》の宮は、玉鬘に熱心に求婚していた。源氏は、娘の美しさをかいま見せようと、御簾《みす》の前に招いた夜、玉鬘のそばで蛍の群れを放った。感じ入った兵部卿の宮は、玉鬘と和歌を交わした。

内大臣（かつての頭中将）は、娘の雲居雁が春宮女御を逃したことが残念でならない。過去に夕顔の娘が愛らしかったことを思い出し、行方を見失ったことを悔やむ。息子たちに「私の娘と名乗り出る者がいたら聞き逃さないように」と言いおいた。

「**26常夏**《とこなつ》」（源氏36歳）28頁

源氏は、内大臣が名乗り出た娘を屋敷に引き取ったと耳にした。内大臣の息子たちが不名誉に思うのを知り、玉鬘をしっかり教育しようと考える。

新参の娘、近江《おうみ》の君は、活力のある明るい性質だが、貴人のたしなみを知らず、聞き苦しい早口という欠点があった。内大臣は処遇に困り、長女の弘徽殿の女御のもとで行儀見習いをさせる。

近江の君ははりきり、姉にあいさつの和歌を送るが、女御や側仕えの女房があきれたとは思わない。からかった和歌を返されても、そのからかいに気づかなかった。

「27篝火《かがりび》」（源氏36歳）5頁

近江の君がうわさになり、これを知った玉鬘は、へたに名乗らず源氏の世話になってよかったと考えた。源氏が一線を越えないのがわかり、少し打ちとけてくる。月のない夜、夕霧と内大臣の息子たちの管弦の音が聞こえる。源氏が西の対に呼び寄せると、長男の柏木《かしわぎ》が、内大臣に劣らぬ和琴《わごん》の才を見せ、巧みに奏でた。

「28野分《のわき》」（源氏36歳）23頁

例年より激しい野分（台風）が、秋の花々を散らしてしまう。

強風のなか、春の町の御殿を訪れた夕霧は、開いた妻戸《つまど》から紫の上の姿をかいま見る。すぐに立ち去るが、その美しさが目に残って消えない。

翌日、源氏は夕霧をお供にして、各町の女人たちの見舞いをした。夏の町へ来て、源氏が玉鬘の住まいへ入ったので、夕霧がのぞき見すると、源氏と玉鬘がたわむれる様子が見えた。父と娘には見えない態度に、夕霧は不審に思う。

「**29行幸**《みゆき》」（源氏36〜37歳）33頁

帝の大原野への行幸があり、人々が行列の見物につめかけた。見物した玉鬘は、帝の横顔に惹かれる。源氏から勧められた宮仕えを考えてみるのだった。

源氏は、玉鬘の裳着《もぎ》（女子の成人式）を思い立ち、内大臣に腰結い役をたのむことで親子の対面を実現させようとする。内大臣の母、大宮の病気見舞いにかこつけて屋敷を訪問し、玉鬘の素性を明かした。しぶっていた内大臣も、夕顔の娘とわかると涙ぐみ、それからは当日を心待ちにした。

「**30藤袴**《ふじばかま》」（源氏37歳）18頁

玉鬘は、尚侍《ないしのかみ》として内裏に出仕するのを迷っていた。

夕霧は、玉鬘が姉ではないのを知り、藤袴の花に託して恋心を伝えたが、相手にされなかった。

十月に出仕すると知った求婚者たちは、その前に結婚しようと必死になる。中でも髭黒《ひげくろ》の大将、兵部卿の宮、左兵衛督《さひょうえのかみ》の三者が、女房のつてを使って最後まで恋文を届けていた。

玉鬘は兵部卿の宮にだけ、わずかな返事を書き送った。

「31真木柱《まきばしら》」（源氏37～38歳）48頁

髭黒の大将が、女房の協力によって玉鬘を得た。

玉鬘は落胆し、源氏もひどく落胆したが、実父の内大臣はこの結婚を好ましく思っていた。しかたなく、立派な披露宴を開いて婿君をもてなす。

髭黒の大将は、玉鬘を自邸に引き取ることを望んだが、大将の屋敷にはまだ、もののけの病をわずらう北の方と、姫君一人若君二人がいた。北の方の父、式部卿の宮がこれを聞きつけ、世間のもの笑いだと考えて、独断で北の方と娘を実家へつれもどしてしまう。父親を慕う娘は、居間の真木柱に和歌を残して泣いた。

この一件で玉鬘が気を滅入らせたので、夫の大将も考えなおし、年明けに内裏の出仕を許した。けれども、帝が玉鬘の局《つぼね》に顔を見せたと知り、またあわただしく退出させた。

その年の十一月になると、玉鬘に美しい赤子が生まれる。夫の大将は限りなく大事にした。

「**32梅枝《うめがえ》**」（源氏39歳）23頁

明石の姫君が十一歳になり、源氏は娘の春宮女御入内の準備に熱中した。六条院の女性たちに優れた香木を配り、それぞれが調香した香を集めて、個性ある出来ばえを吟味する。また、達筆とされる人々に新しい冊子を配り、姫君の習字のお手本を作った。

華やいだ入内準備をよそに聞く内大臣は、沈んで暮らす娘の雲居雁が気にかかる。夕霧との結婚を許せばよかったと、悔やみはじめるのだった。

「**33藤裏葉《ふじのうらば》**」（源氏39歳）32頁

内大臣はついに折れ、夕霧を藤の宴に招待した。その夜、夕霧は雲居雁と六年ぶりの再会をはたし、晴れて夫婦になる。

明石の姫君が入内すると、養母の紫の上は、後宮でのお世話役を実母の明石の君に任せた。大堰川の別荘で別れて以来、一度も娘に会うことがなかった明石の君は、美しく成長した姫君に涙した。

秋には、源氏が准太上《じゅんだじょう》天皇の地位を授与される。夕霧は権中納言に昇進し、太政大《だいじょう》臣に昇進した内大臣も、優れた娘婿をもったことに満足していた。

六条院への帝の行幸と、朱雀院《すざくいん》の御幸《みゆき》が同時に行われ、世間は華々しさに驚く。源氏は、宴席で太政大臣に菊の花を贈り、「青海波《せいがいは》」の昔を懐かしむ和歌を詠んだ。太政大臣は、今はだれも源氏に肩を並べられないと考え、賞賛の歌を返すのだった。

「**34若菜《わかな》上**」（源氏39～41歳）111頁

六条院への御幸ののち、朱雀院は病が重くなって出家を決意する。そして、母女御を亡くした女三《おんな》の宮が気がかりで、だれに降嫁させるかを思い悩んだ。

多くの廷臣が名乗りをあげたが、朱雀院は源氏に、自分の娘を紫の上のように養育してほしいと頼む。源氏も拒めなくなり、六条院への輿《こし》入れが決まった。

紫の上はこれを聞くと、聞き分けよく応じ、だれにも傷心を見せなかった。けれども心の内では、夫婦の愛情のもろさを痛感していた。

女三の宮と結婚すると、源氏は期待がはずれたのを知る。紫の上がどれほど優れた少女だったかを、思い知らされるばかりだった。しかし、世間に向けては、女三の宮を正妻として重んじるしかない。失敗をさとる源氏は、朧月夜との浮気に逃げていた。

明石の姫君は男御子を出産した。明石入道は妻と娘に、今生《こんじょう》最後の手紙を送って深山に入る。

三月のある日、源氏は、夕霧の率いる若者たちが六条院夏の町で蹴鞠《けまり》をすると聞き、春の町の庭園に呼び寄せた。

源氏が見物する蹴鞠に、夕霧と柏木《かしわぎ》（頭中将の長男）も参加したが、彼らは女三の宮の御座所に注意を払っていた。寝殿の階段で休んでいると、御座所から走り出た唐《から》猫《ねこ》が、首につけた紐のせいで、御簾《みす》のわきを大きく開けてしまう。

二人の若者は、奥に立っている若い女人を目にした。女三の宮だった。夕霧は身内として、不用心を軽率に感じたが、柏木は異なっていた。女三の宮を恋い慕う自分の念がかなえたと信じ、ますます熱を上げるのだった。

「34若菜下」（源氏41～47歳）　112頁

柏木は、女三の宮の移り香をつけた唐猫を抱いてから、むやみにこの猫が欲しくなり、画策して手に入れる。そして、身代わりとしてかわいがった。

数年後に帝（藤壺の宮の息子）が譲位し、春宮だった朱雀院の息子が即位する。新帝は、父の意を汲んで女三の宮の境遇を気にかけた。朱雀院もまた、もう一度だけ対面したいと女三の宮に手紙を書き送った。

彼らに気がねした源氏は、朱雀院の五十賀を祝う計画を立てた。朱雀院の希望で、女三の宮が琴《きん》の琴《こと》を披露することになる。源氏は秘曲を伝授するが、たよりなげな女三の宮であり、毎晩つきっきりの指導になった。

年が明け、六条院で「女楽《おんながく》」の合奏を行うと、稽古のかいあって女三の宮も無難に弾きこなす。だが、この日まで殊勝にふるまい続けた紫の上は、合奏の翌日、急病を発して倒れた。容体は重く、源氏は紫の上を二条院に移し、ひたすら看病につくす。

柏木は、せめてもと女三の宮の異母姉、女二の宮の婿になったが、秘めた恋心を忘れることができなかった。六条院に人が少なくなったと知り、手段をこうじて女三の宮の寝所に忍び入る。

紫の上の容体がややもちなおしたころ、源氏は、女三の宮の体調悪化を告げられた。六条院へもどると、妊娠の兆候と言われる。不思議に思った源氏だが、女三の宮がしまい忘れた柏木の恋文を発見し、ことの次第をさとった。怒りを抑えられないながらも、みずから犯した密通を思い返す。そして、父の帝もこのように気づいていたのではと考えた。

試楽の日、長らく顔を見せない柏木を六条院へ呼び寄せる。

体調をくずしていた柏木が、この日は無理して参上した。源氏は親切な言葉をかけたが、言外の怒りは若者に伝わった。終了後の酒宴で、源氏から酒を強いられた柏木は、その後真の重病におちいる。

「35柏木《かしわぎ》」（源氏48歳）48頁

柏木の容体は悪化するばかりで、加持祈禱《かじきとう》も効果がない。やがて、女三の宮は臨月を迎え、難産のあげくに男児が生まれた。しかし、源氏が赤子を見ようともしないので、尼になりたいと思い始める。

朱雀院は、出産した娘が衰弱すると聞き、夜陰にまぎれて六条院を訪ねた。女三の宮は父に、泣きながら尼にしてくれと訴えた。朱雀院は反対する源氏を押し切り、娘の髪を下ろさせる。

女三の宮の出産を知った柏木は、回復の望みがなくなった。見舞いにきた夕霧を枕もとに呼び、源氏の怒りを解いてくれとたのむ。同時に、妻の落葉の宮（朱雀院の女二の宮）の支援をたのんだ。

柏木が世を去ると、夕霧は、彼のいまわの言葉を考え続けた。真相に思い至りながらも、だれにも言わずにいる。落葉の宮の一条屋敷へ弔問に出向き、和歌をやりとりした。

「36横笛《よこぶえ》」（源氏49歳）24頁

柏木の一周忌のころ。

歯が生えはじめた若君（のちの薫《かおる》）は、朱雀院の進物の筍《たけのこ》にかじりつく。無邪気な愛らしさを見て、源氏も憎めないと考える。

夕霧は、柏木の和琴をつまびき、落葉の宮との親交を深めた。母御息所《みやすどころ》からは、柏木の横笛をゆずられる。自宅に帰った夕霧が、しばらく横笛を吹いてから寝ると、夢に柏木が現れた。目が覚めた夕霧は、横笛の継承者は自分ではないようだと考えた。

父の源氏にこの夢の話をすると、「私が笛をあずかる理由がある」と言われる。思い切って柏木のいまわの言葉を伝えたが、源氏がそしらぬ答えを返すので、口にしたことを後悔した。

「37鈴虫《すずむし》」（源氏50歳）17頁

女三の宮の持仏の開眼供養が行われた。源氏は、うら若い妻を尼にしてしまった悔いが消えない。

秋の十五夜、庭に放った虫の声を愛で、女三の宮のもとで源氏が琴《きん》の琴《こと》を演奏していると、夕霧が多くの高官をつれて訪れる。

「鈴虫の宴」を始めたところへ、冷泉院《れいぜいいん》（藤壺の宮の息子）から便りがあった。源氏は人々とともに院の御所へ向かう。冷泉院はたいそう喜び、源氏も、だれにも明かせない息子への愛情をかみしめた。

「**38夕霧《ゆうぎり》**」（源氏50歳　夕霧29歳）86頁

夕霧の大将は、落葉の宮に心惹かれる。

母御息所の病の治療に、母娘が小野の山荘に移ったのを機会と見て、御簾から侵入して落葉の宮と接した。だが、恋心を語るだけにとどめた。

夕霧の朝帰りを聞き知った母御息所は、男女の事実があったと思いこみ、胸を痛めながらも娘に代わって夕霧に手紙を出した。

一方、夕霧の北の方、雲居雁《くもいのかり》は、堅物だった夫の浮気に傷ついていた。小野から届いた手紙を奪い取って隠してしまう。翌日の夕方、ようやく手紙を発見した夕霧は、母御息所が今日の訪問を待っていたと知り、うろたえた。だが、小野まで行くには時が遅すぎた。母御息所は夕霧の不実に絶望し、病が重くなって息を引き取る。

母を失った落葉の宮は悲嘆にくれ、尼になるつもりで夕霧の求愛を拒む。だが、腹をくった夕霧は公認の婿のようにふるまい、一条屋敷を立派に整えて、落葉の宮を小野から迎え入れた。

このことを知った雲居雁は、幼い子どもをつれて実家へ帰ってしまう。

雲居雁の説得に出かける夕霧は、男女関係の悩みに懲りた気がするのだった。

「**39御法《みのり》**」（源氏51歳）23頁

紫の上は、重病からもちなおしても完全に治らず、だんだん弱っていく。源氏が出家を許さないので、せめてもと、二条院で法華経千部を供養する法会《ほうえ》を開いた。

夏になると意識の薄れる日が多くなり、中宮になった明石の姫君が、見舞いの里帰りをする。

秋になり、明石中宮が内裏《だいり》へもどる直前に、紫の上は静かに亡くなった。末期に居合わせた明石中宮は、宿縁を感じて涙した。

源氏は、紫の上の死に冷静さを失う。このまま出家したいと願うが、妻の後追いと思われるのは外聞が悪く、すぐさま行動にうつせない。悲嘆に打ちのめされた源氏に、親しい人々から弔問の手紙が届く。

「40幻《まぼろし》」（源氏52歳）28頁

年が明けても、源氏は紫の上の死を悲しむばかりで時を過ごす。

一年が、紫の上の追憶だけで過ぎていく。

十一月の宮中行事が終わるころ、身辺整理を思い立った。女房たちに命じ、今まで取り置いた女人たちの手紙を破いて燃やさせる。須磨と明石の流浪時代に、紫の上から届いた手紙が束ねてあり、見れば涙をこらえきれないが、これも燃やしてしまう。年の暮れになると、最後の年賀の贈答品を念入りに用意した。

「41雲隠《くもがくれ》」1頁

古来、帖名だけがある。

「42匂宮《におうみや》」（薫14〜20歳　匂宮15〜21歳）16頁

源氏の没後、世間の人々は、源氏の孫の匂宮《におうみや》と源氏の末子の薫《かおる》を、美しい若者ともてはやしていた。

薫は、冷泉院《れいぜいいん》（藤壺の宮の息子）に大切にされていたが、出生の秘密に薄々気づいている。元服も早い出世も心から喜べなかった。そんな薫には、体に自然な芳香があるという、めずらしい特質があった。

匂宮は、薫の芳香に対抗心をもち、調香を趣味にして、衣にいつも優れた香を焚きしめていた。二人は「匂兵部卿《ひょうぶきょう》、薫中将《ちゅうじょう》」と並べて渾名《あだな》された。

右大臣の夕霧は、評判の美貌の娘、六の君の婿に、二人のどちらかを得たいと考えていた。

「**43紅梅《こうばい》**」（薫24歳　匂宮25歳）16頁
亡き柏木の弟（かつての弁《べん》の少将）は按察使大納言《あぜちだいなごん》になり、先妻が亡くなったので、真木柱の君（かつての髭黒の大将の姫君）を後妻に迎えた。
真木柱には、亡き兵部卿の宮との間に姫君が一人おり、按察使大納言には、先妻の姫君が二人いる。三人とも同じくらいの年頃だが、大納言が分け隔てなく接したので、暮らしは平穏だった。

大納言は、匂宮を中の君《なかきみ》の婿に迎えたいと考えている。見事な紅梅の枝を贈って誘いかけた。だが、匂宮は、兵部卿の宮の姫君により関心をもっていた。母の真木柱はこのことに気づいていたが、匂宮の多情さを承知するので、宮の姫君と結婚させるつもりはなかった。

「44竹河《たけかわ》」（薫14〜23歳）50頁

太政大臣（かつての髭黒の大将）が亡くなったとき、玉鬘には、成人前の若君が三人、姫君が二人いた。若君たちはそれぞれ元服したが、二人の姫君の将来を思い悩む。夕霧の右大臣の息子、蔵人《くろうど》の少将は、姉の大君《おおいきみ》に熱心に求婚していた。けれども、玉鬘は、朱雀院の女三の宮の若君（薫）に注目し、婿にしたいと望んでいた。

桜の盛りのころ、大君と中の君は、庭の桜の木を賭けて碁を打つ。訪れた蔵人の少将は、憧れの大君をかいま見て、ますます慕情をつのらせた。だが、大君には帝からも冷泉院からも申し入れがあり、玉鬘は、冷泉院に輿入れさせる決心をする。

大君は院に寵愛され、御子を二人産んだが、院内の女御たちと不和が生じ、安泰とはいえなかった。玉鬘は、思うようにならない世の中を痛感する。薫や蔵人の少将がいち早く出世するのを見ながら、夫が早世したことを嘆いた。

宇治十帖（「橋姫」から「夢浮橋」）

「45橋姫《はしひめ》」（薫20〜22歳）45頁

源氏の異母弟、八の宮は、時勢をはずれて従う人もなく、宇治の山荘に淋しく暮らしていた。北の方を亡くして出家を思い立つが、二人の娘を見捨てられず、養育しながら仏道修行をしている。

この話を聞いた薫は、修行の心得を知りたくなり、宇治の山荘を訪ねた。八の宮との親交が三年続いたころ、山荘へ来た薫は、琴の音に気づく。のぞきに行くと、大君《おおいきみ》と中の君《なかのきみ》の姿がわずかに見え、山里とも思えぬ優雅さとたしなみ深さだった。薫が御簾《みす》ごしにあいさつを入れると、老いた女房が応対に出てきて、泣きながら、以前は柏木に仕えていたと語る。

薫は、この弁《べん》の君《きみ》から、亡き柏木と母、女三の宮のいきさつを詳しく聞き出した。手引きした小侍従《こじじゅう》はすでに亡くなっていた。老いた弁の君は、秘密を知るのは自分一人だと告げ、隠し持っていた二人の恋文の束を薫にわたすのだった。

「46椎本《しいがもと》」（薫23～24歳）46頁

薫は、和歌を交わした大君に好意を抱く。

匂宮は、初瀬詣での途中、宇治の山荘へ恋文を送った。八の宮は、ただのたわむれだと言いながら中の君に返事を書かせた。

この年、大君は二十五歳、中の君は二十三歳だった。美しく成長した娘たちを哀れに思い、八の宮は思い悩む。婿を迎えるなら薫が好ましかったが、彼の出家願望を知るので、あいまいに姉妹の支援をたのむことしかできなかった。山寺の念仏会《ねんぶつえ》に出かけた八の宮は、そのまま寺で息を引き取る。

薫は、弔問の品をこまごまと送り、葬儀の費用を肩代わりした。匂宮も手紙を送ったが、悲しみにくれる中の君は返事を書かなかった。薫の手紙には大君が返事を書いていたので、匂宮は不満に思う。

宇治を訪問した薫は、以前より長く会話するようになった大君を前にして、ついに恋心を自覚していた。

「47総角《あげまき》」（薫24歳）109頁

薫は宇治へ出向き、八の宮の一周忌を手配する。求愛の和歌を大君にわたすが、はぐらかされる。その夜、御簾《みす》の中に侵入して大君をとらえた。けれども喪中なのを自戒し、寄り添って話すだけにした。服喪が明けると、大君は、中の君の盛りの美しさに胸打たれる。妹だけは独身で埋もれさせたくないと、薫と中の君の結婚を望んだ。大君の寝所に忍び入った薫は、寝ていたのは中の君と知る。大君の意図が悔しく、中の君と話をするだけで夜を明かした。

そののち、薫は、匂宮をこっそり宇治の山荘へ案内する。匂宮と中の君が結ばれたら、大君がふり向くと期待したのだ。けれども、衝撃をうけた大君は薫を許さなかった。

匂宮は、夫婦が成立する三日続けての訪問をはたし、中の君も夫を愛するようになる。だが、その後はなかなか山荘を訪れることができない。結婚の失敗を思う大君は、中の君以上に絶望した。食事がとれなくなって衰弱し、薫が見舞ったときには手遅れだった。薫を慕う言葉をわずかに残し、世を去る。

大君を都の新居に迎えるつもりだった薫は、悲嘆にくれた。匂宮も駆けつけた。匂宮の母、明石中宮は、これらのことを聞き知り、中の君を二条院に迎えることを許した。

「48早蕨《さわらび》」（薫25歳）22頁

姉を失った中の君は、悲しみに痩せ、以前より大君と雰囲気が似てくる。薫は二条院への転居を世話しながら、中の君を他人の妻にしたことを後悔した。

老いた弁の君は尼になり、宇治の山荘に住み続けることを選んだ。

匂宮は、中の君と薫の親しさを、油断ならないと感じる。中の君が移って来てから、二条院に居続けることが多くなり、ともに過ごす生活になじんでいった。

「49宿木《やどりぎ》」（薫24〜26歳）１０５頁

帝は、母女御を亡くした女二の宮を在位中に降嫁させようと考え、婿に薫を選んだ。栄誉に思いながらも、薫の心からは大君の面影が消えない。

帝の意向で、匂宮と夕霧の娘、六の君の婚礼も決まった。中の君はこれを知り、宇治を出てきたことを悔やむ。懐妊していたが、そのことを匂宮に告げなかった。

薫は、大君が中の君との結婚を望んだことが頭を離れず、御簾の中に侵入する。だが、妊娠の帯を見たので何もしなかった。

中の君は、薫の執着をそらそうと、自分以上に姉とよく似た娘が訪ねてきたことを語る。薫は、弁の尼からその娘の素性を聞き出した。八の宮が生前に認めなかった、側仕えの女房が産んだ子で、春に東国から上京してきたという。

翌年、薫は宇治の山荘の前で、娘の牛車と行き合った。先に屋内に入り、障子の穴から隣室をのぞいていると、牛車を降りた娘の姿が見える。大君の生き写しに見えた。

「50東屋《あずまや》」(薫26歳) 78頁

八の宮の女房だった母親は、高貴な血をひく浮舟《うきふね》の美しさを惜しみ、受領階級以上の結婚を願う。けれども、夫は後妻の連れ子に冷たく、よい縁談も来なかった。

思い切って二条院の中の君をたより、しばらく浮舟をあずかってくれと頼みこむ。中の君は、奥の廂《ひさし》に曹司《ぞうし》を用意してやった。浮舟の母親は、ここで匂宮や薫大将の姿をのぞき見て、貴人の秀麗さに驚いた。

匂宮は、西の対を歩き回る中、浮舟の姿を見かけた。新参の女房かと近づき、美しいのを知って口説きにかかる。翌日これを聞き知った母親は、あわてて浮舟を二条院から避難させた。

薫は、浮舟が三条の小家にいると知ると、弁の尼を行かせる。娘が知人の訪問を喜ぶうちに薫が訪れ、浮舟と一夜を過ごした。

翌朝、牛車でそのまま宇治へ向かう。道中の景色を見ても、薫は亡き大君が偲ばれてならない。よく似た浮舟と寄り添いながらも、気高く優美な大君との差を思うのだった。

「**51浮舟**《うきふね》」（薫27歳）89頁

匂宮は、浮舟の魅力を忘れなかった。巧みに手を回し、薫が宇治の山荘に愛人を囲っていることを探り当てた。

わずかな供をつれて宇治へ出かけ、格子戸のすき間から室内をのぞくと、やはり二条院で見た娘だった。匂宮は薫の声色をまね、女房をだまして入り込み、浮舟と契ってしまう。

浮舟に夢中になった匂宮は、夜が明けても帰らず、一日中恋を語って過ごした。薫の態度に慣れていた浮舟は、匂宮の情熱に驚き、われ知らず惹かれていく。

二月の雪の日、匂宮は、浮舟を小船に乗せて暁《あかつき》の宇治川をわたり、対岸の隠れ家で、恋人同士のたわむれに興じて過ごした。薫は浮舟に、都に新築した屋敷に迎えると告げていたが、匂宮の愛情深さにふれると、浮舟は心が揺れるのだった。

匂宮は、薫が新宅を用意したのを知り、それより先に自分が浮舟を連れ出そうと、あせって手紙を送る。そして、薫の従者に気づかれた。従者の報告を聞いた薫は、恋文を読む匂宮を見て確信し、浮舟に、不実を知っているとほのめかす和歌を書き送った。

浮舟は悩み抜き、二人の男のどちらに従っても待つのは不幸だとさとる。だれにも打ち明けないまま、宇治川に身を投げようと思い立った。

「52蜻蛉《かげろう》」（薫27歳）68頁

浮舟が消え失せ、側仕えの女房たちは、女主人が身を投げたとさとる。駆けつけた母親とともに嘆き悲しんだ。世間には自殺とさとられぬよう、遺体のない火葬を行う。

薫も匂宮も、浮舟の死に衝撃をうけた。四十九日の法要の壮麗さに、付近の人々は驚く。浮舟に冷たかった継父は、自分が及びもつかない幸運をもつ娘だったと悔いた。

六条院で法華八講が行われ、薫は、長年の憧れだった女一の宮の姿をかいま見て、高貴な美しさに感動する。自宅にもどり、妻の女二の宮に女一の宮との文通をすすめた。また、新しく女一の宮の女房になった、亡き式部卿の宮の姫君も気にかかった。

匂宮も、式部卿の宮の姫君には目をつけており、同母の姉、女一の宮の御所をうろつくようになっている。そんな中でも薫は、八の宮の娘たちほど欠点の少ない女人はいなかったと、悲しく思い返していた。

「53手習《てならい》」（薫27〜28歳）80頁

比叡山の横川《よかわ》の僧都は、急病の老母を助けに宇治へ出向いた。老母を寂れた宇治院まで運んだとき、裏手の森で、もののけのような若い女を見つける。正気を失って死にかけていた。

僧都の妹の尼君は、同じ年頃の娘を亡くしており、親身になって若い女の看病をした。比叡山ふもとの小野へつれて帰り、数か月すると意識がはっきりする。入水するつもりで山荘を出、幻に惑わされてさまよった浮舟だった。

妹の尼君の僧庵には、年老いた尼だけが七、八人住んでいた。人々は浮舟に身元をたずねたが、記憶をなくしたと言って答えない。

尼君は、かつての娘婿だった中将と浮舟の仲を取り持とうとする。しかし、浮舟にとって求婚者は迷惑だった。横川の僧都が下山した機会をとらえ、出家したいと願い出た。

僧都は、浮舟がもののけに憑かれたことを思い、願いどおりに髪を下ろさせた。それから都へ出て、女一の宮のために修法を行う。そのとき、母の明石中宮に、宇治で助けた不思議な娘の話を語り聞かせた。その娘を出家させたことも語った。

明石中宮は、宇治で消え失せた浮舟を思い出していた。浮舟の一周忌を行った薫が、今も悲しむのを見かねて、女房を通して僧都の話を伝える。

薫は、横川の僧都を訪ねる決心をした。

「54夢浮橋《ゆめのうきはし》」（薫28歳）20頁

薫は、浮舟の弟の小君《こぎみ》をお供につれ、比叡山で僧都の話を聞いた。確かに浮舟が生きているのを知り、夢のようだと考える。

横川の僧都は、薫ほどの人物が思いを寄せる女人を、軽率に尼にしてしまったと考え、後悔がわいた。浮舟へ手紙をしたためる。小君が手紙の使者になり、小野で受け取った尼君は驚いた。兄の僧都の手紙には、浮舟に還俗をすすめる内容が書いてあった。

浮舟は几帳《きちょう》の奥に隠れ、実の弟とも顔を合わせようとしない。小君は薫の私的な手紙をさし出したが、ついに返事をもらえなかった。姉かどうかも確認できないまま、小君は落胆して帰った。

この結果には薫も興ざめし、浮舟を囲う男がいたのかと考えるのだった。

荻原規子(おぎわら・のりこ)

東京に生まれる。早稲田大学教育学部国語国文学科卒。著書に勾玉三部作『空色勾玉』『白鳥異伝』『薄紅天女』(徳間書店)。『風神秘抄』(徳間書店) で産経児童出版文化賞・JR 賞、日本児童文学者協会賞、小学館児童出版文化賞を受賞。他に「RDG レッドデータガール」シリーズ「西の善き魔女」シリーズ (KADOKAWA) など。五年をかけて源氏物語を全訳、「荻原規子の源氏物語　全七巻」(理論社) にまとめる。

私の源氏物語ノート

著者　荻原規子
発行者　鈴木博喜
編集　芳本律子
発行所　株式会社 理論社
〒101-0062　東京都千代田区神田駿河台2-5
電話　営業 03-6264-8890　編集 03-6264-8891
URL　https://www.rironsha.com

2023年12月初版
2023年12月第1刷発行

本文絵／たまゑ

本文組　アジュール
印刷・製本　中央精版印刷株式会社

©2023 Noriko Ogiwara, Printed in Japan
ISBN978-4-652-20600-3　NDC914　四六判　19cm　266P

落丁・乱丁本は送料小社負担にてお取り替え致します。

本書の無断複製(コピー、スキャン、デジタル化等)は著作権法の例外を除き禁じられています。

私的利用を目的とする場合でも、代行業者等の第三者に依頼してスキャンやデジタル化することは認められておりません。

荻原規子の源氏物語　全七巻

◎源氏物語 **紫の結び** 一～三

桐壺、若紫、紅葉賀、花宴、葵、賢木、花散里、須磨、明石、澪標、絵合、松風、薄雲、朝顔、少女、梅枝、藤裏葉、若菜上下、柏木、横笛、鈴虫、御法、幻、雲隠。

光源氏の一生を手早くつかめるように、メインストーリーとなる部分を抜粋して再構築。

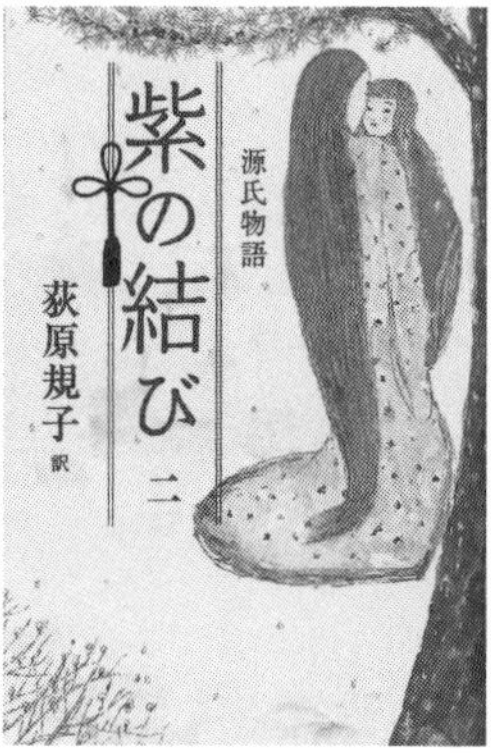

◎源氏物語 つる花の結び 上、下

帚木、空蝉、夕顔、末摘花、蓬生、関屋、〈玉鬘十帖〉、夕霧、紅梅、竹河。〃雨夜の品定め〃でさまざまな女性の魅力を知りたくなった源氏は〃中の品〃の女性と逢瀬を重ねます。夕顔の遺児・玉鬘を六条院に迎える玉鬘十帖、源氏没後の玉鬘の後日談も語られます。

◎源氏物語 宇治の結び 上、下

匂宮＋〈宇治十帖〉。出生の秘密をかかえる青年は自らの体から芳香が漂い、競争心を燃やし調香に熱心な宮とともに、薫中将、匂宮と呼ばれていました。ひっそりと暮らす二人の姫君との出会いは、二人の若者を思いがけない恋の淵へ導くのでした。源氏亡き後の物語。

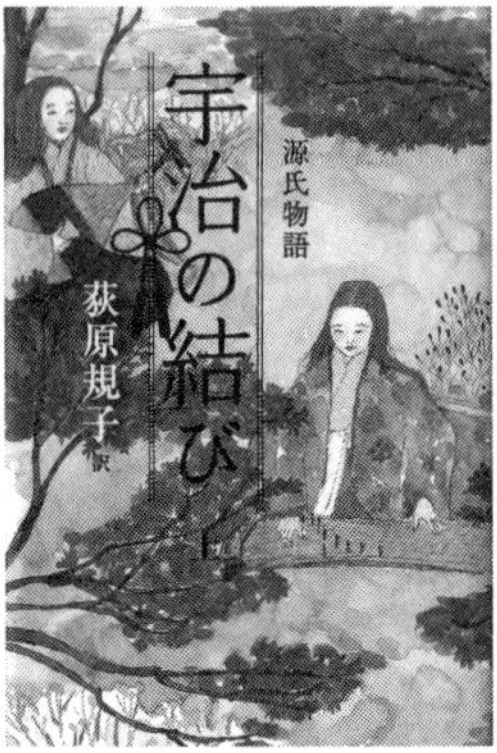